!

A marca FSC® é a garantia de que a madeira utilizada na fabricação do papel deste livro provém de florestas que foram gerenciadas de maneira ambientalmente correta, socialmente justa e economicamente viável, além de outras fontes de origem controlada.

ver!ssimo

Copyright © 2015 by Luis Fernando Verissimo

Grafia atualizada segundo o Acordo Ortográfico da Língua Portuguesa de 1990, que entrou em vigor no Brasil em 2009.

Capa
Crama Design Estratégico

Ilustração
Ricardo Leite

Revisão
Eduardo Rosal
Rita Godoy
André Marinho

CIP-Brasil. Catalogação na fonte
Sindicato Nacional dos Editores de Livros, RJ

V619m
    Verissimo, Luis Fernando
        As mentiras que as mulheres contam/ Luis Fernando Verissimo. — 1. ed. — Rio de Janeiro: Objetiva, 2015.
        174p.

        ISBN 978-85-390-0712-7

        1. Humorismo brasileiro. I. Título.

15-25088   CDD: 869.97
                                CDU: 821.134.3(81)-7

[2015]
Todos os direitos desta edição reservados à
EDITORA OBJETIVA LTDA.
Rua Cosme Velho, 103
22241-090 — Rio de Janeiro — RJ
Telefone: (21) 2199-7824
Fax: (21) 2199-7825
www.objetiva.com.br

LUIS FERNANDO
ver!ssimo
As Mentiras que as Mulheres Contam

OBJETIVA

Sumário

Igualzinha, igualzinha, 11
Ciúmes, 15
Redecoração, 19
Pronomes, 23
Isabel, 25
Uuuuuuuuu..., 29
'Cornita', 31
O bebê de Maria, 35
Blanquette de veau, 37
Glória, 39
Zona Norte, Zona Sul, 43
Vingança, 49
Idades, 51
O aniversariante, 55
Rápidas, 59
Esbarrão, 61
No motel, 63
A estatueta, 65
Rodrigo, 69
Ecos do Natal, 71
A conversa, 75
Crime passional, 79
Conselho, 83
A outra, 85
O grupo, 87
Sonoplastia, 91
Uma certa casa, 95

Escalões, 99
Uma ciência, 103
Amor, 107
O brinco, 111
Santa Terezinha, 115
A rocha, 119
A japonesinha, 123
Origens, 127
O ciúme, esta fera, 129
Destino: Calais, 135
Misto-quente ou O fim do mundo, 139
A extremófila, 143
O justo, 147
A mãe, 149
As consequências, 153
E por falar em festa…, 157
A estátua, 159
Galinha, 163
Caixinhas, 167
Angélica, 169
Doll, 173

— Olha o aviãozinho!

A primeira mentira. Ela querendo nos convencer de que o que tinha na mão não era uma colher com papinha, mas um avião. Um avião! Se um dia fosse acusada de tentar ludibriar um bebê de colo, ela teria uma defesa. "Era para ele abrir a boca, seu juiz. Era para o bem dele!" Está certo, era para nos alimentar. Era para nos fazer abrir a boca e aceitar a papinha. Mas precisava ser com uma mentira tão grosseira?

A sorte dela era que ainda não sabíamos falar. Não podíamos perguntar o que a fazia pensar que nós sequer soubéssemos o que era um avião. Ou que seríamos mais receptivos a ter um aviãozinho na boca do que uma colher de papinha. Ou, se aquilo era mesmo o que ela dizia que era, o que um aviãozinho carregado de papinha estava fazendo, voando dentro de casa daquele jeito? Se nós ao menos tivéssemos uma ideia do que era surrealismo, aceitaríamos o avião em forma de colher vindo na nossa direção e abriríamos a boca em respeito à arte. Mas não, não era arte, não era um recurso ou um estratagema para um fim nobre. Era apenas uma mentira. A inaugural.

Sim, porque, de certa maneira, todas as outras mentiras que elas nos contam são desdobramentos daquela mentira arquetípica, da nossa própria mãe. Todas tentam nos convencer de que o que parece ser não é, e o que é não é o que parece. Em suma, que uma colher é um aviãozinho. E isto vale para tudo, das pestanas postiças ao orgasmo simulado. Você já deve ter notado que nenhuma revista feminina tem homem na capa. É sempre uma mulher, e uma mulher bonita. Isto já foi visto como prova de que o negócio de mulher é mulher mesmo, que elas se vestem e se enfeitam umas para as outras, num universo em que o homem só entra como acessório, em matérias do tipo "Como atingir o prazer sexual com utensílios domésticos, inclusive o seu marido". Mas não é isso. As revistas femininas pertencem a um imenso sistema de comunicação cifrada, só acessível a mulheres, em que elas trocam informações sobre novos produtos e recursos para se embelezarem, enfatizarem o que têm e compensarem o que não têm. Em suma, para nos enganarem.

E funciona. Não temos defesa contra o sortilégio delas, mesmo sabendo que é tudo fabricado para nos enganar, porque, no fundo (confesse), gostamos. Não saberíamos viver sem suas mentiras perfumadas. Afinal, que diferença fazia se aquilo era uma colher de papinha ou um aviãozinho? Elas conseguiam nos deixar de boca aberta. Que é o que vêm fazendo desde então.

Igualzinha, igualzinha

Margô voltou de Paris com uma bolsa Vuitton. Contou para as amigas o que passara para comprar sua bolsa Vuitton. Entrara numa fila enorme em frente à loja Vuitton da Champs-Elysées. No frio! Chegara a brigar com uma japonesa ("Ou chinesa, sei lá") que tentara cortar a sua frente na entrada da loja. Lá dentro, custara a ser atendida. Uma multidão. Mas finalmente conseguira.

— E aqui está ela — disse Margô, mostrando a bolsa Vuitton como um troféu.

Foi quando aconteceu uma coisa que a Margô jamais esperaria. A Belinha mostrou a sua bolsa e disse:

— Igual à minha.

* * *

Houve um silêncio constrangido. Depois que se recuperou da surpresa, Margô sorriu e perguntou:

— Você também esteve em Paris, querida?

— Estive.

— Que inferno, a fila da Vuitton, né?

— Eu não comprei a bolsa na loja da Vuitton.

— Ah, não? Não foi na Champs-Elysées?

— Foi, mas na outra calçada.

— Como?

— Estavam vendendo na rua. Por €19.

O sorriso da Margô desapareceu. Sua bolsa Vuitton custara exatamente €1900, na loja.

— Ah. Imitação — disse.

— Mas é igualzinha.

— Igualzinha, igualzinha, não — corrigiu Margô. — A minha é legítima. A sua é falsa.

Belinha então propôs que todos examinassem as duas bolsas, para descobrir se havia alguma diferença. Não encontraram nenhuma.

* * *

À noite, na cama com seu marido Oscar, Margô ainda estava furiosa.

— Cachorra!

— O quê, bem?

— A Belinha. Não precisava ter esfregado a bolsa de €19 na minha cara.

— Mas ela foi honesta. Poderia dizer que comprara a bolsa na loja, igual a você. Poderia ter mentido.

— Você não vê? Ela me chamou de otária. De nova-rica deslumbrada. De, de…

— Calma. Sabe que essa é uma questão filosófica? — disse Oscar.

— Uma imitação perfeita só deixa de ter o mesmo valor do original quando é descoberta. Dizem que várias obras atribuídas ao Rembrandt não são dele, são de um falsificador. Mas continuam nos museus, encantando todo o mundo. Por que estragar o prazer de ver ou ter um Rembrandt, por um detalhe?

— Oscar, você não está me ajudando.

* * *

Hoje, quando alguém comenta a bolsa da Margô e pergunta se é Vuitton, ela responde.

— Parece, não é? Mas comprei numa calçada da Champs-Elysées. Por €19!

Ciúmes

Lilian desconfiou de que Artur iria deixá-la. De que seu amor por ela estava acabando. O Artur nem a chamava mais de Lili! Lilian decidiu que a solução era provocar ciúmes em Artur. Como? Comprou um buquê de flores, escreveu num cartãozinho "Lilian: me diga quando…", assinou — depois de pensar muito num bom nome para amante — "Renê" e mandou entregarem o buquê com o cartãozinho no seu próprio endereço. Deu certo. Foi o Artur quem recebeu as flores na porta. Disse:

— Flores para você.

Lilian, fingindo surpresa:

— Flores? Para mim?

— E um cartãozinho.

— Um cartãozinho?

— Posso abrir?

— Não! Deixa que eu…

Mas Artur já estava lendo o cartãozinho.

— Muito bem. Quem é Renê?

— Renê?
— "Lilian, me diga quando...". Assinado, Renê.
— Eu não tenho a menor...
— "Diga quando" o quê? Hein? Hein? E quem é esse Renê?
— Eu...

O tapa foi tão forte que Lilian caiu de costas no sofá. Quando se ergueu, estava sorrindo. O Artur sentia ciúmes. O Artur ainda a amava, afinal. O Artur ainda a amava! Paft. Novo tapa.

Do sofá, eufórica, Lilian gritou:
— É uma brincadeira! Fui eu que mandei as flores. Fui eu que escrevi o...

Não pôde terminar porque o Artur começou a sufocá-la com uma almofada do sofá.

* * *

É preciso explicar que Lilian não só vivia com Artur há apenas seis meses, tempo insuficiente para se conhecer uma pessoa, como não entendia a raça dos homens. Homem não tem ciúmes porque ama. Ciúmes não é uma questão entre o homem e a pessoa que ama. Ou é, mas a pessoa que ele ama é ele mesmo. Ciúmes é sempre entre o homem e ele mesmo.

— Quem é esse Renê? Hein? Hein?

Súbito, o Artur parou de sufocá-la com a almofada. Levantou-se. Tinha se dado conta de uma coisa.

Disse:
— Eu sei quem é esse Renê. Eu conheço esse Renê!

A Lilian ainda tentou chamá-lo de volta.
— Não existe nenhum Renê! Fui eu que inventei!

Mas o Artur já tinha saído de casa, depois de passar no quarto e pegar o revólver da gaveta da mesinha de cabeceira.

* * *

Lilian passou o resto do dia rondando pela casa, nervosíssima. Quando ouviu o ruído da chave na fechadura, correu para a porta. O Artur entrou sem olhar para ela.

— Onde você estava? O que aconteceu?

Artur não respondeu. Foi para o quarto trocar de roupa. Lilian foi atrás. Havia respingo de sangue na camisa do Artur. O tiro fora de perto. Ele não trouxera o revólver de volta. Provavelmente, o jogara em algum matagal. Lilian:

— O Renê do cartãozinho...

Artur tapou a sua boca com a mão.

Disse:

— Não se fala mais nesse nome nesta casa. Nunca mais. Está ouvindo?

E depois:

— Esse aprendeu a não se meter com a mulher dos outros.

* * *

Naquela noite, nenhum dos dois dormiu. Lilian pensando: "Renê, Renê... Quem é que eu conheço com esse nome? Quem é esse Renê, meu Deus? Ou quem era". De madrugada, amaram-se loucamente.

O Artur dizendo:

— Viu o que eu faço por você? Viu?

Era a primeira vez que se amavam assim em pelo menos três meses. Ele até a chamou outra vez de Lili.

* * *

Durante dias, Lilian procurou nos jornais uma notícia sobre a morte de Renê. Nada no noticiário policial. Nenhum registro de desaparecimento. Nada nos avisos fúnebres. Quem seria aquele Renê? No fim de mais seis meses, Artur anunciou que iria deixar Lilian.

— Não vai, não — disse Lilian.

E acrescentou que, no momento em que ele saísse pela porta, ela telefonaria para a polícia. A polícia gostaria de saber do fim de um certo Renê...

— Você faria isso, Lili?

— Experimenta.

Artur ficou.

Redecoração

Ele tinha concordado com a redecoração do apartamento porque a mulher, coitada, fizera cinquenta anos e a plástica não resolvera nada. Quer dizer, ela ficara com a pele esticada e os olhos mais puxados, mas continuava com cinquenta anos. E começara a olhar em volta, à procura de outras coisas para mudar. Já que tinha que envelhecer, era injusto que as coisas ao seu redor ficassem como estavam. Decidiu mudar toda a decoração do apartamento.

Quando ele chegou em casa, naquele dia, encontrou o decorador na sala, sentado na ponta de uma poltrona com os pés juntos. O nome do decorador era Ubirici, mas todos o chamavam de Ubi.

— O Ubi tem ideias ótimas — disse ela.

— Espero que, além de ótimas, não sejam caras — brincou ele.

O Ubi nem sorriu. Aliás, o Ubi nem olhara para ele, desde que ele entrara.

— Vamos mudar tudo — anunciou a mulher.

— Meu escritório também?

— Começando pelo seu escritório.

— Mas, querida...

— Já vou — disse o Ubi, pulando da cadeira como se tivesse sido espetado.

— Espere! — disse ela. — Nós ainda não decidimos o que fazer nesta sala.

O Ubi suspirou. Está bem. Ficaria. Começou a circular pela sala, acompanhado pela mulher.

— Estas cortinas, claro, saem. São muito pesadas para o tamanho da sala.

— Sim, Ubi — disse ela, olhando para o marido com uma expressão de "Viu como ele entende?".

— A primeira coisa que nós vamos fazer é mudar a cor do tapete. Tem que ser mais claro. Mais moderno.

— Certo.

— Este vaso sai.

— Mas esse é um...

— Eu sei o que é. Não senta com a decoração que eu estou imaginando. Sai.

— Sim, Ubi.

— Este quadro, fora. Esta mesa, muito rococó. Vamos botar uma baixinha, com tampo de vidro. Esta poltrona, fora.

Era a poltrona em que ele estivera sentado, com evidente desgosto.

E então o Ubi parou na frente dele.

— Este marido...

Até a mulher se assustou.

— O que tem ele?

— Não combina com o esquema que estou imaginando.

— Mas...

— Fora.

— Mas, Ubi!

— Precisamos de um mais liso e comprido.

A mulher desistiu da decoração e decidiu fazer outra plástica. Afinal, botox não deixava de ser uma espécie de redecoração, e muito mais barata. Mas de vez em quando, olhando o marido, ela ainda suspira e se pergunta se fez a escolha certa.

Pronomes

Antes de apresentar o Carlinhos para a turma, Carolina pediu:

— Me faz um favor?
— O quê?
— Você não vai ficar chateado?
— O que é?
— Não fala tão certo?
— Como assim?
— Você fala certo demais. Fica esquisito.
— Por quê?
— É que a turma repara. Sei lá, parece...
— Soberba?
— Olha aí, "soberba". Se você falar "soberba" ninguém vai saber o que é. Não fala "soberba". Nem "todavia". Nem "outrossim". E cuidado com os pronomes.
— Os pronomes? Não posso usá-los corretamente?

— Está vendo? Usar eles! Usar eles!

O Carlinhos ficou tão confuso que, junto com a turma, não falou nem certo nem errado. Não falou nada. Até que comentaram:

— Ô, Carol, teu namorado é mudo?

Ele ia dizer "Não, é que, falando, sentir-me-ia vexado", mas se conteve a tempo. Depois, quando estavam sozinhos, a Carolina agradeceu, com aquela voz que ele gostava.

— Comigo você pode botar os pronomes onde quiser, Carlinhos.

Aquela voz de cobertura de caramelo.

Isabel

Apontamentos para uma história de horror. Ou um novelão. Uma mulher — trinta e quatro, trinta e cinco anos, solteira, tímida, poucos amigos, morando sozinha — está um dia olhando os novos lançamentos numa livraria, pois seu maior prazer é a leitura, quando sente uma mão no seu braço e ouve uma voz de homem que diz:

— Vamos?

Ela vira-se, já pronta para repelir o homem rispidamente, como faz com todos que ousam importuná-la, quando nota que o homem é cego. Fica sem saber o que dizer. O homem estranha o silêncio, aperta o seu braço e diz:

— Isabel?

E ela, sem saber por que, mas com a intuição de que a sua vida a partir daquele instante será outra, o coração batendo, diz:

— Sim…

— Vamos?

E ela, o coração batendo:

— Vamos.

O homem é mais moço do que ela. Bonito. Bem vestido. Bem cuidado. Deixa-se guiar por ela, fazendo perguntas sem muito interesse. Por que estão pegando um táxi e não o carro? Ela diz que perdeu a chave do carro na rua. Ele sorri e diz "Você...". Quando chegam no apartamento dela, ele pergunta onde estão. Ela diz "Em casa...", e ele diz "Estranho...". Mas não diz mais nada. Nem quando ela faz ele sentar numa poltrona que certamente não é a favorita dele. Nem quando tira os seus sapatos, afaga sua cabeça e pergunta se ele quer alguma coisa antes do jantar. Só quando ela pergunta o que ele quer que ela faça para o jantar, diz:

— Você vai cozinhar?
— Vou.
— E a cozinheira?
— Despedi.

Ele parece não se interessar muito. Perde-se dentro do apartamento à procura do quarto, pois quer trocar de roupa. Ela o guia de volta à cadeira. Diz que é para ele ficar quieto, deixar tudo com ela. E para si mesma diz: amanhã preciso comprar umas roupas pra ele. Ela capricha no jantar, que ele come em silêncio.

Ele não comenta que a voz dela está diferente. Não acha mais nada estranho. Só na cama, quando ela o abraça, e guia a mão dele pelo seu corpo, ele começa a dizer:

— Sabe...

Mas ela cobre a boca dele com a sua.

* * *

Era uma mulher solitária, nunca tivera ninguém para cuidar. E agora tinha um homem em casa. Um homem que precisava dela, que não podia fazer nada sem ela. Um homem que não podia ver o seu rosto.

Cuidava dele, tinha certeza, melhor do que a mulher de verdade. Dava banho nele. Vestia-o com a roupa que ela escolhia e comprava. E à noite, na cama, amava-o como, tinha certeza, nenhuma mulher jamais o amara.

Ela se perguntava se ele realmente acreditava que ela era a mulher dele. A voz. Não desconfiava da voz? E da súbita mudança de vida? O desaparecimento de amigos, do resto da família... Mas como saber que vida ele levava com a outra?

Convenceu-se de que ele sabia que se enganara, aquele dia, na livraria, sabia que estava vivendo com outra mulher, mas que preferia assim. Até que uma noite, na cama, depois de se amarem como todas as noites, ele de repente perguntou:

— Você é mesmo a Isabel?

Ela hesitou. Se dissesse "não", podia ouvir dele a frase "Eu sabia", e a confissão que preferia assim, e que a amava apesar dela ter-se passado pela outra, e mantê-lo preso naquele apartamento. Mas também podia perdê-lo para sempre. Não arriscou. Respondeu:

— Claro que sou. Que pergunta!

Na manhã seguinte, quando ela acordou, ele não estava do seu lado na cama. Ela o encontrou na cozinha, morto. Tinha cortado os pulsos com a faca do pão.

Foi difícil explicar por que ela sabia tão pouco daquele homem que vivia com ela e se matara na sua cozinha. Só sabia mesmo o que estava na sua carteira. Foi a própria polícia que, dias depois, contou a ela tudo o que ela não sabia. O homem ficara cego ainda em criança. Perdera os pais. Vivia sozinho com a irmã.

— E a mulher — corrigiu ela, ainda zonza. Não conseguia pensar direito desde que descobrira o corpo na cozinha.

— Não, não. Nunca casou. Viviam sozinhos, ele e a irmã. Ele tinha desaparecido. Se perdeu dela numa livraria, e a irmã estava preocupadíssima.
— Irmã?
— É. Isabel.

Uuuuuuuuu...

— Vovó, você se lembra da sua primeira vez?
— Primeira vez o quê, minha filha?
— Que fez sexo.
— Uuuuuuuu...
— Faz tanto tempo assim?
— Espera que eu ainda não terminei. Uuuuuuuuuu...
— Foi com quem?
— Um cadete. Ele ia ser mandado para o front no dia seguinte e disse que queria levar com ele a lembrança da nossa última noite juntos. Não pude recusar. Dali a duas semanas recebi a notícia de que ele tinha morrido.
— Que front era esse, vovó?
— O front. Da guerra. Não lembro qual delas. Fiquei chocada com a notícia e me internei num convento, onde fiquei pelo resto da vida.
— Vovó, você viveu num convento?

— Não vivi? Espera um pouquinho. Acho que estou misturando as coisas. Isso foi um romance que eu li. Ô cabeça.

— Então, quem foi o primeiro?

— O primeiro o quê?

— Com quem você fez sexo, vovó.

— Uuuuuuuu... Deixa ver. Como era o nome dele... Gilbert qualquer coisa. Gilbert Roland!

— Acho que esse era um ator.

— Não, não, não. Era nosso vizinho. Nos encontrávamos no fundo do quintal, sob a goiabeira. Até hoje não posso sentir cheiro de goiaba que me lembro do Gilbert Roland. Foi o primeiro e o único. Nunca mais amei ninguém.

— Vovó. Você casou com o vovô. Teve cinco filhos com o vovô. Você amava o vovô.

— Tudo fingimento.

— E há quanto tempo você não faz sexo?

— Uuuuuuuuuuu...

— Com quem foi a última vez?

— Eu já era viúva. Um dia bateram na porta. Era o Juan Carlos da Espanha. Na época ele ainda era príncipe. Tinha errado de porta, estava procurando não sei quem. Mandei entrar e começamos a conversar. Assuntos gerais. Ele pediu para ver o meu quarto... E aconteceu. Nunca mais nos vimos. Mas ele não deixa de me escrever.

— Vovó, você tem cartas do Juan Carlos da Espanha?

— Estão por aí, em algum lugar.

— E são cartas amorosas?

— Uuuuuuuuuuu...

"Cornita"

— Pai, o que é cornita?
 — Como é que se escreve?
 — Ce, o, erre, ene, i, te, a.
 O pai pensou um pouco. Não podia dizer que não sabia. O garoto há muito descobrira que o pai não era o homem mais forte do mundo. Precisava mostrar que, pelo menos, não era dos mais burros. Perguntou como é que a palavra estava usada.
 — Aqui diz, "a cornita da igreja…" — respondeu o garoto.
 — Ah, esse tipo de cornita. É um ornamento, na forma de corno, que fica do lado do altar.
 — Pra que que serve?
 — Pra, ahn, nada. É um símbolo.
 — Ah.

 — Pai, usei "cornita" numa redação e a professora disse que a palavra não existe.

— O quê? Mas que professora é essa?

— Ela diz que nunca ouviu falar.

— Pois diga para ela que "cornita", embora não faça mais parte da arquitetura canônica, era muito usada nas igrejas medievais.

— Tá.

— Pai, a professora continua dizendo que "cornita" não existe. E diz que também não se diz "arquitetura canônica".

— Preciso ter uma conversa com essa professora. Essa educação de hoje…

— Não quero discutir com a senhora. Mas também não quero ver meu filho duvidando do próprio pai. Para começar, minha senhora, aqui está o livro que meu filho estava lendo. E aqui está a palavra. "Cornita."

— Deixe eu ver. Obviamente, era para ser "cornija". É um erro de imprensa.

— O quê?

— Um erro de revisão. "Cornija." Ornamentação muito usada na arquitetura antiga. "Cornita" não existe.

— Pai, vamos pra casa…

— Um momentinho. Um momentinho! Claro que eu sei o que é "cornija". Mas existem as duas palavras. "Cornija" e "cornita". Duas coisas completamente diferentes.

— Então me mostre "cornita" no dicionário.

— Ora, no dicionário. E a senhora ainda confia nos nossos dicionários?

— Pai, vamos embora…

— O que é isto, pai?

— Um pequeno tratado que fiz para a sua professora, aquela mula, ler. Dezessete páginas. Pouca coisa. Nele, traço desde a origem etimológica da palavra "cornita", no sânscrito, até a sua simbologia no ritual da Igreja antes do Concílio de Trento, incluindo o número de vezes em que o termo aparece na obra de Vouchard de Mesquieu sobre a arquitetura canônica. E sublinhei "arquitetura canônica", para a mula aprender a jamais desmentir um pai.

— Certo, pai.

— Pai…
— O que é?
— A professora leu o seu tratado.
— E então?
— Mandou pedir desculpas. Diz que o senhor é um homem muito etudito.
— Erudito.
— Erudito. Mandou pedir desculpas. A burra era ela.
— Está bem, meu filho. Pelo menos agora ela sabe com quem está tratando.

Valera a pena. Valera até as noites perdidas inventando os dados do tratado. Sabia que acabaria convencendo a mulher com um ataque maciço de erudição, mesmo falsa. Vouchard de Mesquieu. Aquele fora o golpe de mestre. Vouchard de Mesquieu. Perdera uma hora só para encontrar o nome certo. Mas estava redimido.

O bebê de Maria

Para os franceses, são os belgas. Para os americanos, são os poloneses. No Brasil, por uma injusta tradição, é aos portugueses que se recorre para personagens de história deste tipo. Apesar de os portugueses terem dado repetidas provas de que são mais inteligentes do que nós, tanto que está cheio de gente querendo ir daqui pra lá. A história é com uma portuguesa só para não fugir à tradição.

Pois diz que a Maria começou a sentir uns enjoos. Como era jovem e solteira, a família ficou desconfiada de que estivesse grávida. E quando a barriga da Maria começou a crescer e ficou estabelecido que não era pelo consumo exagerado de Toucinhos do Céu, a desconfiança virou certeza. Depois da briga, veio o interrogatório.

De quem era a criança?

A Maria deu de ombros.

— Não sei.

— Como, não sabes? Tens um picorrucho na barriga e não sabes de quem é?

A Maria deu de ombros de novo.

Só havia duas alternativas. Ou o filho era do Manuel, ou era do Joaquim. A própria Maria não ajudou. Sacudida para que identificasse o culpado, não disse nada. Só deu de ombros.

Foram procurar o Manuel e ele negou qualquer responsabilidade.

— Eu não!

Foram procurar o Joaquim e ele foi ainda mais enfático.

— Eu?! Não.

Voltaram à Maria e colocaram a questão nos seguintes termos: ou conta ou apanha. Um dos dois era o responsável. O Manuel ou o Joaquim. Um dos dois tinha se deitado com Maria e ia ter que casar com ela. Não havia uma terceira alternativa.

— Há, sim — disse Maria.

— Qual? — surpreenderam-se todos. Se a Maria não tinha se deitado nem com o Manuel, nem com o Joaquim, como é que estava com um filho na barriga?

— O filho pode não ser meu — disse Maria.

Blanquette de veau

— Mmm. Blanquette de veau…
— Gosta?
— É meu prato preferido.
— Eu sei.
— Sou um especialista em blanquettes de veau.
— Eu sei.
— Acho que o teste de um bom cozinheiro, ou de uma boa cozinheira, é a blanquette de veau. E não tenho paciência com quem se mete a fazer blanquettes de veau sem saber como. Certa vez, fechei um restaurante com a minha crítica da sua blanquette de veau. O dono leu a minha crítica e fechou o restaurante no mesmo dia. Ouvi dizer que ele se suicidou.
— É verdade.
— Um crítico gastronômico precisa ser implacável. Senão os incompetentes — ou, pior, os pretensiosos — tomam conta.
— Espero que o senhor aprove a minha blanquette.

— A senhorita sabe, claro, que eu não deveria estar aqui. Como crítico gastronômico, não posso aceitar convites como o que me fez. Mas não pude resistir.

— Talvez o meu decote o tenha convencido.

— Certamente ajudou.

— Mas coma, coma... Quero ver se o seu paladar é mesmo aguçado, como dizem. Minha blanquette tem alguns ingredientes incomuns...

— Mmmm... Vamos ver. Não posso fazer feio. Detecto o vinho branco seco de qualidade, como convém... A vitela e o creme no ponto... Manteiga, farinha, perfeito. E um certo gosto forte de... sal do Himalaia?

— Cinza.

— Cinza?!

— As cinzas do meu pai, que foi cremado depois de se suicidar por causa da sua crítica.

— Cinza. Interessante. Mas há algo mais... Eu diria... Tomilho?

— Não.

— Estragão?

— Veneno.

— Veneno. Claro. Esta não é uma blanquette de veau, é uma vingança.

— Acertou.

— Eu deveria ter desconfiado do decote...

Glória

O médico espera até Rogério se recuperar da notícia que acaba de receber. Rogério consegue se controlar e pergunta:

— Quanto tempo?

O médico tenta desconversar. É difícil especificar com precisão. Essas coisas variam. Não dá para dizer...

Rogério insiste:

— Quanto tempo de vida eu tenho, doutor?

— Poucas semanas — diz o médico.

Rogério sai do consultório atordoado. Poucas semanas! E ele tão moço. Injustiça, pensa. O nome daquilo é injustiça. Por que eu? Por quê?

* * *

Rogério se tranca no seu apartamento. Não recebe ninguém. Não dorme, não come. Passa o tempo todo com o olhar fixo na parede, pensando na injustiça que será a sua morte. Chora. Se embebeda. E então se lembra de uma coisa que seu amigo Marçal disse. Que queria morrer em cima de uma mulher, levando um tiro do marido ciumento. Marçal até elaborara: um tiro ou dois. Claro, pensou Rogério.

* * *

Claro! Uma morte gloriosa. Pra que esperar a morte sem reagir, sem arquitetar seu próprio fim? Seria sua maneira de enganar a morte, morrendo antes. E gloriosamente. Num ato vital, afirmando o seu vigor, afrontando a injustiça do seu fim precoce e deixando, para os amigos, uma legenda de amante trágico.

Sim, iria morrer em cima de uma mulher.

* * *

O Marçal, a princípio, acha aquilo uma loucura.

— Que loucura é essa?

Mas acaba concordando em ajudar o amigo. Planejam tudo. Para começar, precisam escolher a mulher. Mas mais importante do que a mulher é o marido. Que marido eles conhecem que mataria um amante da sua mulher? Garantido? Concluem pelo Rafa, marido da Soraia. O Rafa era truculento. O Rafa tinha porte de arma. E, uma vantagem adicional, a Soraia não era de se jogar fora.

* * *

Rogério não tem muito tempo para conquistar Soraia. Poucas semanas. Ajuda o fato da Soraia estranhar a nova personalidade do Rogério, que parece mais soturno. Mais sério, ele que sempre fora tão brincalhão, tão superficial. Parece um condenado. E Soraia acha aquilo atraente. Encontram-se duas ou três vezes. E Rogério a convence a ir ao seu apartamento. Enquanto a espera, liga para Marçal, que deve dar um telefonema anônimo para o Rafa e avisar que sua mulher o está traindo, na rua tal, número tal. Soraia chega ao apartamento. Rogério finge que esquece a porta aberta, para o Rafa poder entrar. Os dois vão para a cama. Nisso toca o telefone. É o médico, para avisar que houve uma troca de radiografias e Rogério não vai morrer, afinal. E Rogério ouve a porta do apartamento sendo aberta.

Zona Norte, Zona Sul

Aconteceu o seguinte: Vânia finalmente cedeu e concordou em se encontrar com Rogério num apartamento em Copacabana. Mas insistiu na segurança absoluta. Ninguém poderia vê-la chegar ou sair do prédio. Se o seu marido descobrisse, se o seu marido sequer desconfiasse... Rogério jurou que ninguém a veria.

— A rua tem pouco movimento. O porteiro é pago por mim para não enxergar nada. Os vizinhos de um lado só estão em casa de noite. Os vizinhos do outro lado nunca aparecem. Acho até que o apartamento está vazio. Não tem perigo. Confia em mim.

Combinaram a Operação Encontro — ou a Operação Até Que Enfim, como a chamou Rogério — minuciosamente. Ela diria ao marido que iria a Copacabana fazer compras. Contando o tempo de ida e volta ao Grajaú, de ônibus, eles teriam duas horas inteiras. Das seis às oito. Ela chegaria ao prédio sozinha, de óculos escuros e lenço na cabeça, e subiria ao seu apartamento. Ele estaria esperando. Certo? Vânia ainda hesitou.

— Ai, meu Deus. O Antônio. As crianças... Se alguém descobrir.

Ninguém ia descobrir. Ninguém ia vê-la. Teriam duas horas maravilhosas. Longe do mundo, longe dos olhos e das línguas do Grajaú. Vânia suspirou e cedeu. Seis horas, então.

Às seis horas, Vânia bateu na porta do apartamento de Rogério. Além dos óculos escuros e do lenço na cabeça, usava a gola do casaco virada para cima e uma manta tapando o nariz e a boca. Todos tinham se virado na rua para olhar aquela mulher tão agasalhada, apesar do calor, e esforçando-se para não ser notada.

Ela estava nervosa. "Ai meu Deus! Se o Antônio sabe..."

Rogério a acalmou. Levou-a para o quarto. Começaram a tirar a roupa. Nisso, ouviram um rebuliço no corredor. Gritos, correria. Vânia arregalou os olhos.

— É o Antônio!

— Não poder ser. Calma. Vou ver o que é.

Rogério já estava no meio da sala, de cuecas, quando ouviu baterem na porta. Com violência. Hesitou. Não podia ser o marido. Impossível. E aquela barulheira... Só se ele tivesse trazido todo o Grajaú com ele. Uma expedição punitiva pela honra do bairro. Vou ser linchado, pensou Rogério. Desmembrado pela classe média. Um mártir da nova moral. O primeiro santo pagão da Zona Sul... E então, entre batidas mais fortes na porta, ouviu:

— Abra! É a polícia! Abra senão arrombamos a porta!

Rogério abriu a porta. Foi jogado contra a parede por uma avalanche de homens armados de metralhadora, aos gritos. "Revistem tudo. Vejam na cozinha! Rápido!" Rogério gritou mais alto. Queria saber do que se tratava. O inspetor disse que tinham invadido o apartamento do Gatão; ao lado do seu, mas ele conseguira fugir pela área de serviço. Estava ali. E eles o pegariam. Gatão, o bandido mais procurado do Rio. Desta vez não escaparia.

Os policiais que entraram no quarto abriram a porta de um armário e encontraram Vânia, seminua e apavorada.

— Aqui está ele! — gritou um policial, exaltado, antes de se dar conta de que não era o Gatão, era uma mulher, e soltá-la.

Vânia saiu correndo do quarto. Atravessou gritando a sala sem saber se tapava o rosto ou os seios. Entrou na cozinha e caiu nos braços do Gatão.

Quando Rogério e o inspetor irromperam na cozinha atrás dela, Gatão a segurava pelas costas e tinha a ponta de uma faca encostada na sua garganta.

— Mais um passo e eu furo! Mais um passo e eu furo!

O inspetor fez um gesto para deter os policiais que entravam na cozinha. Falou:

— Certo, Gatão. Certo. Não fura a dona. Vamos conversar.

Gatão mandou todo mundo sair da cozinha. Se comunicaria com eles por intermédio de Vânia. Enfiou a cabeça de Vânia pela porta entreaberta da cozinha e mandou que dissesse que ele exigia um carro para sair dali. Senão a degolaria. Vânia gaguejou. Não conseguia falar. Rogério disse:

— Calma, Vânia. Calma. Confia em mim.

Vânia finalmente conseguiu transmitir a exigência do bandido. O inspetor mandou dizer que estava certo. Providenciaria o carro. Mas precisava de tempo. Chegaram fotógrafos e repórteres. Quando Gatão empurrou a cabeça de Vânia para fora da cozinha outra vez, já havia uma equipe da TV com câmara portátil e refletores dentro do apartamento.

— E-ele di-diz que espera cinco minutos e s-só! — disse Vânia, apertando os olhos por causa dos refletores.

O repórter da TV colocou um microfone perto da sua boca. Gatão puxou Vânia para dentro da cozinha. Os repórteres entrevistaram Rogério. Quem era a moça? "Uma amiga…" "Namorada?" "Mais ou menos."

O inspetor mandou dizer ao Gatão que o carro estava pronto. Gatão saiu da cozinha com um braço em torno da cintura nua de Vânia e com a faca no seu pescoço. Se alguém se mexesse, ele furava.

— Calma. Vânia. Calma. Confia em mim — disse Rogério. Tinha os olhos arregalados.

Gatão desceu com Vânia pela escada. A câmara da TV seguiu atrás. Na rua havia uma multidão. Um policial ia na frente afastando os curiosos.

— Para trás, senão ele fura a dona!
— É o Gatão! É o Gatão. Esse ninguém pega.

Gatão entrou com Vânia no carro. Mandou que o carro arrancasse.

* * *

No Grajaú, as crianças gritaram:
— Papai, olha a mamãe na televisão!

* * *

Em algum ponto do estado do Rio, Gatão mandou que o carro parasse. Deu ordens ao chofer para apagar os faróis, esperar quinze minutos e depois dar o fora. Senão ele furava a Vânia. Desceu com Vânia do carro e a puxou através de um matagal na escuridão.

— Eles nunca vão me pegar. Nunca. Vou desaparecer.

Quando Gatão largou o pulso de Vânia e disse que ela estava livre e que arranjasse uma maneira de voltar para casa, Vânia pensou no Antônio, pensou no Grajaú, e suplicou:

— Me leva com você! Me leva com você!

Hoje vive com Gatão em Resende e jamais o trai. Aprendeu sua lição.

* * *

Ou então: Vânia só chegou em casa no outro dia de manhã. Pronta para tudo. Pronta para morrer. Merecia tudo que o Antônio faria com ela. Na calçada, em frente à sua casa, ouviu o comentário de uma vizinha:

— Aí, hein, Vânia? Na televisão.

As crianças vieram correndo, excitadas:

— Mamãe! Você apareceu na televisão!

E atrás das crianças veio o Antônio, orgulhoso, sorridente.

— Na televisão, hein? Sim, senhora. Parecia a Letícia Spiller!

Vingança

Primeiro a história de Vanessa, a virgem ruiva, que foi abandonada pelo noivo uma semana antes do casamento. Vanessa trancou-se em casa durante um ano. E durante um ano só o que se soube dela foram cochichos.

— Teve um filho monstro.
— Tentou cortar os pulsos. Está acorrentada na cama.
— Vai para um convento.

Mas Vanessa não teve filho, não tentou se matar e quando saiu de casa, um ano depois, não foi para um convento. Foi procurar o noivo, que se casara com outra. Matou-o com uma facada e degolou a sua mulher. Mas quando se debruçou sobre o berço para matar a criança também, viu que era uma menina e a tomou nos braços. Pôs fogo na casa e desapareceu com a criança.

* * *

Dezessete anos depois, todos comentavam a beleza de Lilian, a filha da ruiva. Mãe e filha tinham chegado naquela cidade, ninguém sabia de onde, dezessete anos antes. Era evidente que a ruiva adorava a filha. Vivia só para ela. Se matava de trabalhar para que nada faltasse à filha. Cuidava da filha como se fosse uma porcelana rara. Se desesperava com o menor arranhão na pele da filha. Se a filha espirrasse, a ruiva corria para botá-la na cama e chamava um médico. Se um cacho da filha saísse do lugar, a ruiva corria para arrumá-lo. Aos dezoito anos, Lilian era a moça mais bonita da cidade. Todos comentavam o orgulho da ruiva com a beleza da filha. Gustavo, o melhor partido da região — seu pai era dono do frigorífico —, apaixonou-se por Lilian e a pediu em casamento à ruiva, que consentiu. Com uma condição. O noivado devia ser longo. Bem longo. Só quando não aguentassem mais a paixão os noivos se casariam.

Na véspera do casamento, a ruiva chamou Gustavo à sua casa. Precisava lhe contar uma coisa. O quê?

— Lilian. A minha Lilian...

— O quê? O quê?

— Não é virgem.

— O quê?!

— Mas eu sou! — gritou a ruiva, abrindo o roupão e mostrando o corpo nu para Gustavo, no momento em que Lilian entrava na sala.

Lilian tomou formicida. Gustavo saiu correndo pela rua, desesperado. E a ruiva corria atrás dele com o roupão esvoaçando, dando gargalhadas. E gritando:

— Mas eu sou! Mas eu sou!

Idades

Todos se admiravam quando aquela mulher, que não aparentava ter mais do que trinta e cinco anos, dizia a sua idade.
— O quê?!
— Verdade. Cinquenta e dois.
E acrescentava, para aumentar o espanto geral:
— Completos.
As pessoas perguntavam qual era seu segredo para parecer tão moça. Tinha que haver um segredo. Algum creme miraculoso. Além da plástica, é claro.
— Mas eu nunca fiz plástica.
— Impossível!
Os outros não se cansavam de elogiá-la. Onde ela aparecesse, tornava-se o centro de todos os comentários.
— Que idade vocês dão para ela?
— Trinta e cinco, trinta e seis…
— Pois tem cinquenta e dois.

— O quê?!

— Completos.

Ela dizia que não havia nenhum segredo. Apenas tinha uma boa pele, se cuidava, alimentava-se bem, fazia exercícios. E, principalmente, tentava manter uma boa disposição diante da vida e das pessoas. O único segredo era a paz interior.

Que mulher formidável, diziam todos.

Até que um dia uma parenta, cansada de ouvir tantos elogios, decidiu revelar a verdade.

— Ela tem trinta e quatro.

— Mas...

— Trinta e quatro. Incompletos.

Mentia a idade. Por pura vaidade.

* * *

— Um biquíni novo?

— É, pai.

— Você comprou um no ano passado!

— Não serve mais, pai. Eu cresci.

— Como não serve? No ano passado você tinha catorze anos, este ano tem quinze. Não cresceu tanto assim.

— Não serve, pai.

— Está bem, está bem. Toma o dinheiro. Compra um biquíni maior.

— Maior não, pai. Menor.

Aquele pai, também, não entendia nada.

* * *

— É a idade, minha filha — disse ele, desculpando-se.

— Isso acontece.

— O diabo é que tem acontecido seguido...

— Bobagem.

— É a idade...

— Não tem nada a ver com idade.

— Tem tudo a ver com idade. A idade estraga tudo.

— Acho que a idade não muda nada.

— Então me diga. Se eu fosse um garotão, cheio de vida e paquerasse você, você acharia bárbaro, não é?

— Bom, é.

— E se eu fosse um velhinho, caindo aos pedaços, e desse em cima de você, babando no seu ombro, o que você acharia?

— Uma barbaridade.

— Está aí. Botou idade, mudou tudo.

— Também não é assim...

— O que você diria se eu estivesse aqui, trinta anos mais moço, de sunga, com uma bola nos pés, fazendo embaixada, controlando no calcanhar, fazendo misérias com a bola? Você não diria "é um monstro"?

— Diria.

— Agora me imagina velhinho, velhinho, de calção pelos joelhos, tentando controlar a bola e nem conseguindo levantar o pé do chão. O que você acharia?

— Uma monstruosidade.

— Está aí. Botou idade...

— Mas "felicidade" também tem idade.

— "Felicidade" é como "capacidade" e "virilidade".

— Por quê?

— Não são palavras, são contradições.

— Com que idade você está, afinal?

— No momento, a impossibilidade. Depois vêm a morosidade, a opacidade, a fatalidade, a mortalidade e, no fim, a posteridade.

* * *

Depois de uma certa idade
    é temerário
    fazer aniversário.
    Que agonia!
    Todo "parabéns" soa,
    mesmo dito numa boa,
    como ironia.

O aniversariante

Muitas vezes a coisa mais importante para manter um casamento estável não é a fidelidade, a honestidade ou sequer o amor — é o raciocínio rápido. Como mostra a história que segue.

* * *

— Feliz aniversário, doutor Roberto!
 — Obrigado, Maura. Obrigado. Pelo menos alguém se lembrou. Pelo menos a minha secretária…
 — Eu nunca esqueço o seu aniversário, doutor Roberto.
 — É verdade. Eu sei. E este ano, você foi a única que não esqueceu.
 — Mas a dona Vivinha…
 — Minha mulher? Foi viajar. Escolheu justamente hoje para ir visitar a mãe dela e levar as crianças.
 — Eu sinto muito, doutor Roberto.

— Pois é. Esqueceu.

* * *

Naquela manhã, antes de sair de casa, ele ainda dera uma indireta.

— Sabe que eu estou me sentindo ótimo, para a minha idade?

A Vivinha nem ouvira. Estava ocupada fazendo sua mala. Depois iria ajudar as crianças a se prepararem para a viagem. Quando ele a beijou na face, disse:

— Olha, tem uma lasanha na geladeira para esta noite. É só esquentar. Nos outros dias você vai ter que comer fora. É só até domingo.

Uma lasanha. Seria o seu jantar de aniversário. Uma lasanha solitária. A triste lasanha de um abandonado. Nem seu Itacir, porteiro do edifício, se lembrara de cumprimentá-lo.

* * *

— Maura...

— Sim, doutor Roberto.

— Por favor, não interprete mal o que eu vou dizer...

— O que, doutor Roberto?

— Você... tem algum programa para esta noite?

— Não. Só ir para casa, jantar e ver a novela.

— Sozinha?

— Com a minha mãe, que mora comigo.

— Você não tem, assim, um namorado?

— Tinha, doutor Roberto.

E Maura sorriu antes de continuar:

— Mas ele também esquecia muita coisa que não devia esquecer.

— Venha jantar comigo na minha casa, Maura. Uma lasanha. Não vai ter ninguém lá. E eu tenho televisão.

Maura disse que só precisava avisar a sua mãe. Estava subentendido entre eles que uma lasanha pode ser apenas uma lasanha, mas também pode ter decorrências. Afinal, ela estava sem namorado, e ele estava se sentindo ótimo para a sua idade. A lasanha podia muito bem inaugurar uma nova fase no relacionamento dos dois, depois de todos aqueles anos. Se tudo desse certo.

* * *

Quando ele abriu a porta do apartamento e entrou com a Maura, todas as luzes se acenderam e dezenas de vozes gritaram:

— SURPRESA!

A Vivinha liderava o coro, rodeada pelos filhos. Atrás deles, parentes, amigos — até a sogra, que viera especialmente para a festa. Vivinha hesitou antes de abraçá-lo, visivelmente intrigada com a presença da Maura. Foi quando entrou o raciocínio rápido. Esforçando-se para recuperar o fôlego e um ritmo cardíaco normal, Roberto disse:

— Você não pensou que podia me enganar tão facilmente, pensou?

— Você sabia?!

— O seu Itacir não pode guardar segredo. Não se aguentou e me contou de todos os preparativos.

— Não! — gritou Vivinha, abraçando e beijando o marido e depois sua secretária de tantos anos que, claro, ele fizera muito bem em convidar para a festa.

— Entre, entre, fique à vontade — disse Vivinha para Maura.

E Roberto pensou, respirando fundo: amanhã vou ter que dar uma boa gorjeta para o seu Itacir confirmar sua inconfidência.

Rápidas

Um homem chega num balcão e tenta chamar a atenção da balconista para atendê-lo:

— Senhorita...
— Um minutinho.

O homem vira-se para outro ao seu lado e diz:

— Ih, já vi tudo.
— O que foi?
— Ela disse "um minutinho". Quer dizer que vai demorar. No Brasil, um minuto dura sessenta segundos, como em qualquer outro lugar, mas um minutinho pode durar uma hora.

O homem tenta de novo.

— Senhorita.
— Só um instantinho.
— Ai.
— O que foi?
— Ela disse "um instantinho". Um "instantinho" demora mais que um minutinho. Parece que um minutinho é feito de vários instan-

tinhos, mas é o contrário. Um "instantinho" contém vários "minutinhos". Senhorita!

— Só dois segundinhos!

O homem começa a se retirar.

— Aonde é que o senhor vai?

— Ela disse "dois segundinhos". Isso quer dizer que só vai me atender amanhã.

Esbarrão

— Educação, zero — disse Cininha para o homem que esbarrou nela dentro do ônibus.

— Desculpe — disse o homem, sem jeito.

— Hmmm — fez Cininha, querendo dizer "Pois, sim".

E não é que os dois desceram na mesma parada? E caminharam na mesma direção? Cininha viu o homem hesitar, depois parar e esperar que ela chegasse perto. Ele falou:

— A senhora me desculpe, viu?

— Depois do mal feito... — disse Cininha, deixando a frase solta no ar como um fiapo. E arrematou: — Educação não se compra em farmácia.

— Mas foi sem querer.

— Hmmm — fez Cininha de novo. E continuou caminhando.

— Olhe aqui...

O homem vinha atrás dela.

— O que é?

— Eu não tive intenção de bater na senhora.
— Mas bateu.
— Foi um esbarrão. Coisa normal num ônibus.
— Normal pro senhor.

O homem agarrou o braço de Cininha.

— Mas eu não fiz por mal!
— Isso é fácil de dizer agora.

O homem largou o braço de Cininha. Mas Cininha continuou parada. Por que Cininha não foi para casa? Porque aquilo era a coisa mais excitante que tinha acontecido com ela em trinta e seis anos de vida. Fora a vez em que ela foi beijar o anel do padre e quando viu estava segurando a mão contra os seus lábios, com força, até que o padre arrancara a mão e quase a derrubara.

— A senhora não está querendo compreender — disse o homem.
— Falta de educação eu não compreendo mesmo.
— Mas eu já disse que foi sem querer!
— Hmmm.

O homem pegou Cininha pelos dois braços e a arrastou para um mato. Cininha não resistiu. Fez cara de pouco caso e nem tentou fugir.

— Eu estou arrependido! — gritou o homem.
— Fingimento — sentenciou Cininha.

O homem empurrou Cininha, que caiu no chão.

— Foi sem querer! — gritou o homem.

Cininha, mesmo no chão, deu de ombros. O homem, desesperado, procurou uma pedra grande. Encontrou. Antes de esmagar a cabeça de Cininha com a pedra, ainda gritou:

— Foi sem querer!
— Eu, hein? — disse a Cininha, antes de morrer.

No motel

Uma vez imaginei como seria uma quarentena num motel. O motel é fechado por alguma razão. Justamente naquela hora — fim de tarde, numa sexta-feira — em que, em todo o mundo, a frequência nos motéis é mais alta. Ninguém pode entrar e, pior, ninguém pode sair.

— Como, não posso sair? O que eu vou dizer para a minha mulher?

Quarenta minutos de atraso para chegar em casa a gente explica, quatro horas a gente explica... Mas quarenta dias?!

— E eu que disse pro meu marido que eu só ia fazer os pés?

As cenas de desespero se repetem. Todos recorrem ao celular.

— Alô, meu bem? Olha, estou numa reunião importantíssima. Ninguém sabe quando vai terminar. Faz o seguinte: deixa comida pra mim na geladeira. Bastante comida.

— Alô, querido? Você não sabe o que me aconteceu. A mão da pedicure escapou e ela me cortou um dedo. Não, eu ainda tenho o dedo, mas o corte foi fundo. Tive que vir para o hospital e... Não, não adianta você vir pra cá. Só vou ficar mais um pouquinho porque ainda estou meio fraca.

A recomendação é que todos fiquem em seus quartos. O motel fornecerá refeições, todo o equipamento dos quartos, como a cama giratória. A luz negra e a banheira com centrífuga continuarão funcionando normalmente e a programação do circuito interno de TV continuará a mesma. Mas aos poucos as pessoas começam a sair dos seus quartos e perambular pelos corredores. Há encontros inesperados.

— Epa, você por aqui?

Todos se visitam e comentam a decoração dos quartos.

— O nosso não tem essa poltrona com vibrador...

E surgem os boatos.

— Sabem quem está na suíte 12?

Com o tempo se estabelece uma rotina. Reúnem-se na suíte Afrodite, a maior de todas, para bater papo e olhar a televisão. Sentem falta de um baralho, mas quem leva baralho para um motel?

— Meu bem? Olha, o hospital quer que eu fique mais um pouco. Para evitar a gangrena. O quê? Você está ouvindo gemidos?

Ela faz um gesto para alguém baixar o volume da televisão.

— Aqui é um hospital, né, amor? Só se ouvem gemidos.

No vigésimo dia uma comissão procura a gerência do motel para fazer uma reclamação. A TV interna não tem outros filmes, não? Ninguém aguenta mais o filme das lésbicas com o encanador, ou o da loira e o garanhão.

— Não tem *A noviça rebelde*?

A estatueta

A menina entrou na cozinha com o rosto iluminado:
— Mãe, é a televisão!
— O quê?
— Na porta. Uma moça e gente da televisão.
A mãe enxugou as mãos e foi ver o que era.
— Pois não?
— Bom dia. A senhora é a dona Helena?
— Sou.
— Nós estamos fazendo uma reportagem sobre o Maia Lins.
— Quem?
— O poeta.
— Ah.
— A senhora soube que ele morreu?
— Não, não sabia.

A câmera já tinha começado a gravar. O microfone da repórter estava a centímetros da boca de dona Helena. Que, só para ter o que dizer, perguntou:

— Quando?

— Há dois dias. Ele estava doente há muito tempo. Vocês nunca mais tiveram contato?

Dona Helena ia começar a dizer que não apenas não tinha tido mais contato com o poeta Maia Lins como não tinha a menor ideia de quem era o poeta Maia Lins, quando a repórter deu um grito:

— A estátua!

Era uma estatueta, uma mulher nua com os braços estendidos, esculpida até os joelhos, que parecia tentar sair de dentro de um pedestal de mármore bruto. Estava sobre uma mesa alta no vestíbulo. A repórter passou por dona Helena e entrou na casa, fazendo sinal para que a câmera a seguisse.

— É a estátua. "Ninfa incompleta, presa à pedra bruta da existência..." É a senhora, não é?

Dona Helena não entendeu.

— Como?

Mas a moça já estava dando instruções ao câmera. Ele devia pegar a estatueta de baixo para cima. Depois fundiriam a cabeça da estatueta com a cabeça da dona Helena hoje.

— A senhora conservou tudo como era naquele tempo?

— Que tempo?

A repórter escolheu um ponto da sala e sugeriu ao câmera que fizesse uma panorâmica, começando na entrada do vestíbulo e terminando nela. Deu ordem às crianças para sair de trás e quando a câmera chegou nela começou a falar:

— Esta é a sala da casa de Helena. Sim, a Helena do poema. Está quase que exatamente como o poeta a descreveu. Vejam os pés de ferro retorcidos da mesa. O vaso no centro da mesa. As flores, claro, são outras, não são as que ele chamou de "testemunhas mudas do meu tormento". E as almofadas. Quem pode esquecer a almofada que o poeta roubou, pois era "um estojo de cheiros sagrados que pulsa com a nossa volúpia reprimida"? Na sua última entrevista, já no leito de morte, o poeta revelou que Helena existia mesmo. E aqui está ela! A "musa torturante", o objeto da paixão frustrada do poeta e responsável pelo seu maior poema, a ninfa incompleta que ele amou até o fim... Venha, dona Helena.

E dona Helena foi para a frente da câmera, para grande nervosismo das crianças, tentando desesperadamente se lembrar. Maia Lins. Maia Lins...

— Vocês nunca mais se viram, dona Helena?

— Não, não.

— Nem quando o poema foi publicado, a senhora não o procurou?

— Não, não.

— Por quê?

— Bom, achei que, não é? Não sabia se ele queria.

— Ele só confirmou que o poema era autobiográfico pouco antes de morrer. E revelou onde ficava a casa. Disse que preservou aqueles momentos com a senhora, nesta sala, como ponto-chave da sua vida. Se a senhora tivesse concordado em fugir com ele, tudo teria sido diferente. Ele nem seria poeta. Qual é a sua emoção, ouvindo isso?

— Nossa!

— A senhora tem todos os livros dele, dona Helena?

— Tenho. Claro. Quer dizer, todos não sei.

— E a senhora nunca se arrependeu?

— Do quê?

— De não ter ido com ele. De não ter sido a ninfa libertada da "pedra bruta da existência", como ele descreveu?

— Não, não.

— Como foi sua vida, depois?

— Eu me formei, não é? Casei, um pouco tarde. Meu marido é fiscal da Receita. Temos os três filhos...

— E hoje a senhora faz parte da literatura brasileira. Enquanto a poesia de Maia Lins for lida, a senhora será lembrada. Como é que é isso, na sua cabeça?

— É. Pois é. Não sei.

Depois de se despedir da repórter na porta, dona Helena ficou olhando a estatueta no vestíbulo e pensando. Maia Lins, Maia Lins... Devia ser pseudônimo. Mas de quem? Seu único namorado antes do Alcides tinha sido o Peri, que casara com a louca da Léa e criava gado em Goiás. Quem? Um hóspede na casa. Um amigo do seu pai... Quem? Ela não se lembrava. Ela não dera nem falta da almofada.

Quando o Alcides chegou, as crianças estavam esperando na porta com a novidade. Sabe quem esteve aqui em casa hoje, pai? A televisão!

Rodrigo

O Rodrigo estava apaixonado. Apaixonadão. A menina tinha dezoito anos, ele dezessete.

Viam-se todos os dias. Saíam juntos todas as noites. A mãe até estranhara: logo o Rodrigo, que nunca fora de namorar firme. Que gostava de variar. Que era o autor da frase: "O que é bom deve ser compartilhado", referindo-se a si mesmo e às mulheres. Logo o Rodrigo.

— Vocês não estão exagerando, não?

— O quié, mãe?

— Todo dia, toda noite. Parecem casados.

No fundo, era ciúmes. A mãe do Rodrigo gostava de pensar que, mulher fixa na vida do filho, só ela. Mas não podia negar que a menina, a Carol, era bonita. Que eles faziam um belo par, apesar de a Carol dar a impressão de ser bem mais adulta do que ele. Que o Rodrigo tinha razão para estar apaixonado.

Mas, um dia, Rodrigo chegou da rua de cara feia.

— O que foi, meu filho?

Tinham brigado. Ele e a Carol. Estava tudo terminado.

— Mas por quê?

Rodrigo não quis falar a respeito. Se trancou no quarto. Só no dia seguinte, na mesa do almoço, revelou qual era a causa da briga.

— Ela disse que me falta conteúdo.

— O quê?

— Conteúdo. Eu não tenho conteúdo.

— Como, conteúdo?

— E eu sei? Só sei que não tenho.

O Rodrigo saiu da mesa sem comer a sobremesa, que era manjar branco. Trancou-se no quarto outra vez. A mãe ficou indignada. Conteúdo? O Rodrigo não tinha conteúdo? Tinha criado um filho sem conteúdo? O pai do Rodrigo tentou acalmá-la.

— Glorinha, acho que nós temos que concordar que o Rodrigo, em matéria de conteúdo...

— Mas ele só tem dezessete anos! Quem é que tem conteúdo aos dezessete anos? Se ela quer conteúdo que vá namorar um... um... Sei lá. O Mangabeira Unger!

Mais tarde a mãe bateu na porta do quarto do Rodrigo.

— Meu filho, eu trouxe um pouco do manjar branco pra você. Esquece a Carol.

A porta continuou fechada. As feridas de uma grande paixão precisam de tempo para cicatrizar e criar casca. No caso de adolescentes, no mínimo sete dias. A mãe insistiu. Bateu na porta de novo. Disse:

— Rodrigo, olha. Você tem conteúdo, sim. A Carol é que não notou. Come o seu manjar branco, vai.

Ecos do Natal

— E então, gostou?

— Gostei, Bel. Obrigada.

— É bonita a jarra, não é?

— Muito bonita.

— Você não acha um pouco ornamentada demais? Meio kitsch?

— Meio o quê?

— Meio kitsch. Assim, de mau gosto.

— Não. De forma alguma. Aliás, gostei dessa jarra desde a primeira vez que a vi.

— Você já tinha visto?

— Não só vi como comprei.

— Ah, Rosa. Não me diz que você já tem uma igual!

— Não. Comprei para dar de presente a uma amiga. No Natal passado.

— Ah, é?

— É, Bel. Dei pra você.

— Rosa... Eu... Ahn... Mmm... Quer dizer...

— Tudo bem, Bel. Se você não gostou da jarra, se achou muito kitsch, poderia ter falado. Afinal, nós éramos amigas.

— Éramos, Rosa? Ainda somos!

— Eu escolho o tempo do verbo, Bel.

* * *

Pouca gente sabe que Gaspar, um dos três reis magos que levaram presentes para o recém-nascido Jesus, ficou para trás porque estava com sede e entrou numa taverna de Belém antes de seguir para a manjedoura. Depois de quatro ou cinco copos de vinho, Gaspar puxou conversa com uma prostituta e contou quem era o menino que acabara de nascer, e o que previam que ele faria quando crescesse, e o que ele e os outros magos traziam para a criança: Melquior, mirra; Baltasar, incenso, e ele, Gaspar, ouro.

— Ouro?! — espantou-se a prostituta. — Mirra e incenso, tudo bem. Mas ouro?

— Qual é o problema? — perguntou Gaspar.

— O problema é que, com o ouro, quando crescer ele será um homem rico. Desprezará os pobres e levará uma vida de luxúria e devassidão.

— Você acha?

— É claro. Faça o seguinte: em vez do ouro, leve esta farinha amarela, que parece ouro, mas não é. E deixe o ouro verdadeiro comigo.

E foi o que Gaspar fez. Saiu, cambaleando, da taverna, carregando a farinha amarela que parecia ouro, mas não era, e levou-a para a manjedoura, como presente para o menino. Que, sem o ouro, cresceu pobre, pregando justiça e caridade para os pobres, e morreu crucificado para lavar os pecados do mundo.

E foi assim que uma prostituta de Belém salvou a humanidade. E, ainda por cima, ficou rica.

* * *

— Você viu o que aconteceu com a Janete?
— O quê?
— Ganhou um anel de brilhante do marido, no Natal.
— Iiiiih...
— Pois é. Pobre da Janete.
— Todo mundo sabe o que presente de joia cara do marido, no Natal, significa.
— Ele tem uma amante e está com culpa.
— Quanto mais cara a joia, maior a culpa.
— E o anel é bonito mesmo?
— É uma beleza.
— Pobrezinha da Janete!

E todas concordaram que preferiam um marido leal a uma joia cara.

Mentira, claro.

A conversa

Samuel recebeu um telefonema inquietante da sua amante, Lourdes. Ela disse:

— Estamos indo para aí.

Samuel não entendeu.

— "Estamos"?

— O Marcão e eu. Ele sabe do nosso caso.

— O quê?!

— Eu contei.

— O QUÊ?!

— Calma. Ele só quer conversar. Eu estou indo junto com ele.

— Lourdes, você enlouqueceu? Ele vai me bater. O Marcão é o dobro do meu tamanho!

— Ninguém vai bater em ninguém. O Marcão quer ter uma conversa civilizada. Nós três. Aliás, já estamos no carro. Ele está aqui do meu lado.

— Lourdes…

— Eu só achei que devia lhe avisar. Em cinco minutos estaremos aí.

* * *

Fugir, pensou Samuel. Era a única coisa a fazer. Covardemente. Abjetamente. Mas fugir. Ou ficar? O Marcão só queria ter uma conversa civilizada. Eu sou mais civilizado do que o Marcão. Em conversa civilizada, eu ganho. O Marcão é um primitivo. Os únicos livros que gosta são catálogos de peças de automóvel, e só para ver as figuras. Eu sou um homem sofisticado. A própria Lourdes é quem diz que, comparado com o Marcão, eu sou um príncipe renascentista. Mas por que a Lourdes inventou de contar pro Marcão que nós... Ela sabe que eu vou enrolar o Marcão, é isso. Que eu vou convencer o Marcão de que somos pessoas modernas, que hoje em dia a mulher ter um amante é até lisonjeiro para o marido. Que não existe nada mais antigo e superado do que marido quebrar a cara de amante. Depois da nossa conversa o Marcão vai me agradecer por estar comendo a sua mulher e introduzindo-o na nova moral, tornando-o um autêntico homem do novo século. Ou então...

* * *

Ou então a Lourdes contou tudo porque teve uma recaída e descobriu que prefere o troglodita. Misturou remorso com decepção e quer ver o maridão quebrar a cara do amante insatisfatório. Ou era no que dera a leitura de tantos livros sobre masoquismo feminino: a Lourdes queria sofrer, vendo-o apanhar. De uma forma doentia, ela instigava o marido para quebrar a cara do amante e assim apimentar o caso dos dois. O que ela estaria dizendo para o marido, no carro, naquele instante? Bate, mas não quebra o nariz? Quero ele culpado, mas inteiro, o meu príncipe?

* * *

Cinco minutos já tinham passado e ele ainda não decidira: fugir ou ficar? E se ficar, preparar-se para o quê? Empunhar uma faca da cozinha e atacar primeiro? Esperar atrás da porta e golpear a cabeça do brutamontes com uma frigideira? A Lourdes tinha telefonado do carro para avisar que estavam chegando para que ele estivesse preparado. Ou ele deveria — civilizadamente — receber o casal, indicar onde poderiam sentar-se para começar a conversa, oferecer um cafezinho ou, quem sabe, um uisquinho? E começar a conversa, como?

— Marcão, eu sei que é difícil ser objetivo numa situação destas, mas...

Soou a campainha do interfone. Eles tinham chegado. Fugir não era mais uma opção. Samuel foi até a cozinha, pegou uma faca e escondeu-a embaixo de uma almofada do sofá. Para ser usada ou não, conforme transcorresse a conversa.

Crime passional

Helena prendeu a respiração e enrubesceu. Seus olhos brilharam. Ouvia, vinda da sala de visitas, a voz de Tomás Caça e Pesca, o novo Gerente de Vendas do seu pai. Não o conhecia. Só a sua voz. E se apaixonara pela sua voz. Um dia atendera ao telefone em casa e…

— Alô, o dr. Cuneiforme está? Aqui é o seu novo Gerente de Vendas, Tomás Caça e Pesca.

— Na-não. Ele não está no escritório?

— Não. Com quem tenho o prazer de falar?

— Com Hefilha, lena dele. Digo, com Hedele, fena dilha. Digo…

— Helena, é isto? Muito prazer.

Naquela noite, Helena não conseguiu dormir. Em vez de encher a página do seu diário com as anotações de sempre — a aula de balé, a aula de inglês, suas observações filosóficas ("Finalmente descobri que padedê é uma palavra em francês!") —, escreveu em todas as linhas "Helena Caça e Pesca, Helena Caça e Pesca…" Quando finalmente dormiu, sonhou que dançava com alguém alto e forte cujo rosto não via, mas que lhe dizia no ouvido (aquela voz!) "Muito prazer, muito prazer…".

No dia seguinte Helena telefonou para a firma do pai. E pediu: "Departamento de Vendas". Atendeu uma secretária.

— O Tomás está?

— Quem quer falar com ele?

— Uma amiga.

— Qual é o nome, por favor?

Helena pensou rapidamente. Depois disse:

— Celeste Luana.

Quando Tomás atendeu, Helena disse que era uma admiradora sua. Uma fã secreta. Não, não adiantava insistir, ele nunca a veria. Só queria ouvir sua voz. "Mas… precisamos nos encontrar!" "Não adianta. Tchau."

Helena, com a voz de "Celeste Luana", passou a telefonar para Tomás diariamente. Na sua imaginação, formara um corpo para combinar com a voz de Tomás. Atlético, moreno, alto. Imaginava as sobrancelhas cerradas e sérias, o queixo voluntarioso (não sabia bem o que era queixo voluntarioso, mas era o que imaginava), a sensualidade da boca contrastando com o distanciamento crítico do nariz… E cada vez se arrepiava mais quando ouvia a voz. Aquela voz! E agora ali estava ele, na sala de visitas de sua casa. E o dr. Cuneiforme a puxava pela mão.

— Venha, quero que você conheça o meu novo Gerente de Vendas. É um gênio das vendas. E quer muito conhecer você.

Tomás Caça e Pesca era baixo, claro, meio gordo, um pouco parecido com o Delfim. Helena teve que se controlar para não sair correndo da sala, aos prantos. Que desilusão! Só ficou porque, fechando os olhos, tinha ali, ao vivo, sua voz incomparável. A enunciação perfeita, o timbre, as vogais abertas. Meu Deus, as labiais fricativas!

No outro dia, na mesa do almoço, o dr. Cuneiforme disse que seu Gerente de Vendas ficara encantado com Helena. E olha que era um bom partido. Um gênio das vendas. Com ele na firma todos iam enriquecer mais depressa. Helena deu de ombros e declarou:

— Parece o Delfim…

— Vá já para o seu quarto! — disse o pai.

Tomás passou a frequentar a casa. Helena, relutantemente, aceitou o seu pedido de namoro. Ficavam os dois na sala, sob o olhar vigilante da mãe de Helena, dona Malta (Maltita). Tomás falando sempre e Helena com o rosto virado, não dizendo nada.

— Diga alguma coisa, Helena — pedia Tomás.

— Não, fale você. Vamos. Continue falando.

Na noite em que Tomás pediu Helena em casamento, ela trancou-se no quarto e escreveu no seu diário: "Vou me matar!". Depois se lembrou de que não podia se matar, tinha uma prova de inglês no dia seguinte. Escreveu: "Danação!". E dormiu entre soluços.

Marcaram a data do casamento. E, na véspera da cerimônia, Tomás recebeu, como todos os dias, um telefonema de Helena disfarçada de "Celeste Luana".

— Quero me encontrar com você — disse "Celeste".

— Meu bem! Finalmente! Diga quando.

— Amanhã.

— Amanhã? Logo amanhã? Escolha qualquer outro dia, meu amor, menos amanhã. Amanhã não dá.

— Então, azar — disse "Celeste" e desligou.

Na volta da lua de mel, em Bariloche, Tomás recebeu outro telefonema de "Celeste Luana". Exclamou:

— Minha querida!

— Eu, hein? Andei lendo sobre um casamento que houve por aí…

— Casamento por conveniência, meu bem — cochichou Tomás. Agora era sócio da firma, com seu próprio escritório atapetado e à prova de som, mas era bom ter cuidado. — Pura conveniência...

— Vi as fotografias. Ela não é de jogar fora...

— Por você eu a jogaria fora num minuto. Quando é que vamos nos encontrar? Hein? Hein?

— Apressadinho...

A mãe de Tomás tinha ido morar com os recém-casados. E foi ela quem alertou o filho. Helena andava fazendo uns telefonemas estranhos no meio da tarde. Com a voz disfarçada, toda dengosa... Tomás confrontou a mulher:

— Que história é essa? Menos de um mês de casada e já fazendo telefonemas, é? Sua suja!

— Sujo é você — gritou Helena, que um dia, com dez anos, abrira a barriga de um gato com uma gilete azul. — Pensa que eu não sei dos telefonemas no escritório, é?

— Não mude de assunto! Com quem é que você anda falando no telefone? Confesse!

— Com o homem que eu amo, está sabendo? O homem que eu amo! Ele é alto, atlético, moreno. Exatamente o contrário de você, seu tampinha. E tem uma voz maravilhosa!

Tomás só não bateu na mulher porque não sabia como o sogro e sócio reagiria. Mas desmontou uma penteadeira com um pontapé.

No outro dia, Helena telefonou para Tomás no escritório com a voz de "Celeste Luana". Marcou um encontro com ele num motel da Zona Sul. Depois desligou o telefone e foi até a cozinha pegar uma faca. O primeiro golpe atingiu Tomás na garganta.

Conselho

Rogério bufava.

— E ainda tem gente que gosta de verão...

Marina nem estava.

— Eu adoro.

— Olha aí, fico todo suado. A pele oleosa. Não adianta banho, não adianta nada. Fico com brotoeja, assadura, até cheiro mal.

— Rogério, meu querido. Vou te dizer uma coisa.

— O quê?

— O problema não é o verão. O problema é você.

— Ah, é? Aposto que o Alberico não suava.

Maria só pôde fazer cara de sentida e dizer "Puxa, como você é, Rogério". Sabia que nunca deveria ter contado o que o Alberico gostava de fazer no banheiro. "Dezessete anos e você não esquece." O sorriso na cara suada do Rogério era de puro gozo.

Marina só estava esperando a Rosilene ficar maiorzinha para lhe dar o único conselho que uma mãe deve dar à filha:

— Nunca conte nada do seu primeiro marido.

A outra

Apavorada com a perspectiva de envelhecer e o marido trocá-la por uma mais moça, fez plástica atrás de plástica. Com cinquenta anos, ficou com um corpo de vinte e um rosto de trinta, se não se olhasse muito de perto. Alisou as rugas, tirou daqui, enxertou ali, levantou acolá — o acolá é sempre o primeiro a cair — e conseguiu: não envelheceu. Mas no outro dia contou às amigas que o marido a trocara por outra.

Estava arrasada. Só não podia chorar para não desmanchar a maquiagem. As amigas tentaram consolá-la. Chamaram o marido de tudo, inclusive de cego, pois quem procuraria outra mulher tendo uma como ela — corpo de vinte, rosto de trinta — em casa? Os homens não tinham jeito mesmo. Para eles, amadurecer era uma forma de voltar à adolescência. Iam em busca dos hormônios perdidos e só encontravam o ridículo.

— Não me façam chorar, não me façam chorar — pedia ela.

As amigas começaram a desenvolver teses sobre o que leva homens mais velhos a procurar mulheres mais moças. Pânico sexual, antes de mais nada. Descontadas, claro, as falhas naturais do caráter masculino, que também se acentuam com a idade. Mas ela que esperasse.

Cedo ou tarde, ele se cansaria da mulher mais moça, ou ela se cansaria dele, ou...

— Ela não é mais moça — interrompeu a mulher. — É mais velha do que eu!

Abriu-se uma clareira de espanto. O quê? Mais velha?! E ela contou que a outra nunca fizera plástica, que a outra nem pintava os cabelos. Era uma senhora grisalha, matronal, exatamente do tipo que ele esperara em vão que ela ficasse, como ele mesmo dissera. Sim, porque ela fora pedir satisfação, pronta, inclusive, a bater na outra. Não só não batera como acabara tomando chá com a outra e ouvindo seus conselhos num tom maternal.

O que mais doera fora o tom maternal.

O grupo

Traumatizadas com a morte recente de Rapunzel, cujo cabelo ficou preso na roda do carro, quebrando o seu pescoço, e com o estado da Bela Adormecida, que, recuperando-se de um divórcio litigioso, está internada numa clínica fazendo sonoterapia, as quatro amigas mal conseguem tomar seu chá. Estes seus encontros semanais, outrora tão cheios de risadas, reminiscências e confidências, estão se tornando aborrecidos. Cinderela suspira.

— Sabem o que é? Nós estamos ficando velhas...

Chapeuzinho Vermelho ajeita, distraidamente, o seu chapeuzinho azul. Ela abandonou o vermelho depois de ouvir cochichos, no grupo, de que não renovava seu guarda-roupa. Ela é a única que não está deprimida. Atribui seu bom humor permanente a um bom ambiente familiar, na infância. Ao contrário de Cinderela e Branca de Neve, vítimas de graves conflitos de gerações com suas madrastas, Chapeuzinho teve um bom relacionamento com sua mãe e admirava sua vovozinha, a que, depois do incidente com o lobo, declarou que tinha "nascido de novo", fez uma plástica, casou com um dos caçadores e morreu na pista de uma discoteca, aos noventa e oito anos.

— Você não pode se queixar da vida, Cin — observa Branca de Neve, cuja palidez denuncia noites de dissipação e o uso excessivo de barbitúricos. — Você casou com o príncipe, sua sapataria vai bem...

— Pois eu trocaria tudo isto pela minha juventude. E lembrar que um dia eu fui chamada de Pantera Borralheira...

— E eu, gorda deste jeito e ainda chamada de Mariazinha...

Quem fala é a irmã de Joãozinho, protagonista de um famoso caso de desencaminhamento de menores na floresta. Ela come compulsivamente. Seu analista já lhe explicou que ela come para se autopunir por um sentimento incestuoso por Joãozinho, que também é enorme de gordo, foi à falência tentando transformar a casa de chocolate da bruxa numa atração turística (caçadores de suvenir comeram a casa) e hoje vende enciclopédias.

— Não me diga que você também sente falta dos velhos tempos, Branca — diz Chapeuzinho.

— Deus me livre! Vocês não imaginam o que era cuidar da casa para sete anões. Todos os dias fazer as sete caminhas, lavar sete cuequinhas...

— É verdade que...

— Não! Nunca! Uma vez um deles se embriagou e invadiu o meu quarto, mas eu o atirei pela janela. Foi depois dessa noite que comprei um pequinês para me defender. Nunca houve nada.

— Bom, já que começamos com as confidências, vou contar do meu casamento com o príncipe — diz Cinderela.

— Vai dizer que também nunca houve nada entre vocês?

— Nada. Só o que ele queria era acariciar o meu pé. Acabei tendo um caso com o cocheiro.

— O tal que era um rato e virava cocheiro com o toque da varinha mágica?

— Olha, com o caráter dele, era um rato que com o toque da varinha mágica se transformava num rato maior.

— E o seu príncipe encantado, Branca? O que acordou você com um beijo depois da morte, depois que você mordeu a maçã envenenada. Você também se arrependeu?

— Só posso dizer que, comparando os dois, gostei mais da maçã.

— Mas depois ele ficou rei...

— Ficou rei e deu aquele vexame, desfilando nu pela rua.

— Eu não sabia que o rei daquela história tinha sido ele!

— Se é rei e fez bobagem, pode apostar que é o meu. A única vantagem é que a nossa corte não precisa de bobo. Ele acumula as funções.

— Vocês é que são felizes — diz Cinderela, apontando para Chapeuzinho e Mariazinha, que está com a boca cheia de biscoito. — Não tiveram "príncipes encantados" em suas vidas. Vejam a Bela Adormecida. Esta pelo menos teve a coragem de pedir divórcio. Nós não podemos. Temos que preservar a nossa imagem. O tal "e viveram felizes para sempre..." é um compromisso moral. Não temos saída. Quer dizer, ninguém pode nos culpar por termos amantes. Eu não posso ver passar um rato sem usar a minha varinha. E a Branca aqui pega qualquer um também.

— Não sendo anão...

— Nós fomos bobas, isso sim — continua Cinderela. — A Rapunzel continuou com suas tranças porque seu príncipe encantado a proibiu de cortar os cabelos e olhem o que lhe aconteceu. Se já existisse o feminismo no nosso tempo, nossas histórias seriam outras.

— Certo! Eu botava os anões a trabalhar para mim. E não me sentiria comprometida com o príncipe só porque o beijo dele me ressuscitou. Ele não me compraria por tão pouco!

— E eu, em vez de ficar em casa sendo maltratada pela minha madrasta e as duas irmãs, ia sair, arranjar emprego, estudar comunicação, sei lá. Com trabalho, perseverança, decisão... e a varinha mágica, claro... faria uma bela carreira e depois compraria um príncipe ou dois.

— Meu analista diz que a culpa do meu trauma de infância foi minha dependência excessiva do Joãozinho — diz Mariazinha.

— E eu me deixei enganar, inocentemente, por um lobo! — exclama Chapeuzinho. — Devia ter desconfiado de que era ele e não a vovozinha em cima daquela cama porque ele estava fazendo tricô com um ponto que a vovó nunca usava!

— Enfim... — suspira Cinderela.

— O pior vocês não sabem — diz Branca de Neve. — O pior é que a história se repete. Outro dia, quando me dei conta, estava perguntando para o espelho do banheiro, lá em casa, se havia no mundo alguém mais bonita do que eu. Ele respondeu que sim. Fiquei furiosa e perguntei: "Quem?". E ele disse: "Você quer em ordem alfabética?".

Mas Cinderela não está ouvindo. Seu olhar está fixo num canto da sala. Lentamente, sem desviar o olhar, ela procura na bolsa pela sua varinha mágica.

— O que é, Cin?

— Ssshh. Acho que vi um rato. E dos grandes!

Sonoplastia

Carlos Alberto e Maria Cristina estão num motel. Toca o telefone celular que ele deixou na mesinha de cabeceira ao lado da cama redonda. É a mulher de Carlos Alberto, Cynara.

Carlos Alberto — Oi, bem.

Cynara — Onde você está?

Carlos Alberto — Ora, onde eu estou. Onde é que eu estou, todos os dias, a esta hora? Num engarrafamento.

Cynara — Vai demorar muito?

Carlos Alberto — E eu sei? Há meia hora que eu estou parado aqui. O trânsito não anda. Só andam os motoboys. Você não ouve a buzina deles, passando?

Cynara — Não.

Carlos Alberto (para Maria Cristina, tapando o fone) — Faz barulho de boy.

Maria Cristina — Muuuu...

Carlos Alberto (tapando o fone outra vez) — Mu, Maria Cristina? Mu?!

Maria Cristina — Você disse barulho de boi.

Carlos Alberto — De boy, Maria Cristina. De motoboy passando e buzinando!

Maria Cristina (imitando buzina) — Bi, bi. Bi, bi. Bi, bi. Bi...

Carlos Alberto — Ouviu as buzinas?

Cynara — Eu ouvi um "muuuu".

Carlos Alberto — Acredite ou não, acabou de passar uma vaca por aqui. Tem vaca na pista, dá pra acreditar? O trânsito desta cidade está tão bagunçado que tem até vaca solta...

Cynara — Carlos Alberto...

Carlos Alberto — Olha, apareceu um guarda. Ó seu guarda! (para Maria Cristina, tapando o fone) Faz voz de homem. Finge que é um guarda.

Maria Cristina (com voz grossa) — Pois não, cavalheiro.

Carlos Alberto — Por que está tudo parado? Estou aqui há meia hora, no mesmo lugar. Houve alguma coisa?

Maria Cristina (com voz de guarda) — Capotou um caminhão carregado de animais, ali na frente. Espalhou bicho pra tudo que é lado.

Carlos Alberto — Boa, boa. Quer dizer, que coisa horrível. Então era uma vaca mesmo que passou por aqui. Eu já estava pensando que era alucinação minha. Esse trânsito enlouquece qualquer um!

Maria Cristina (com outra voz) — Vai uma água aí, doutor?

Carlos Alberto — Não, obrigado.

Maria Cristina (com outra voz) — Biscoito. Olha o biscoito.

Carlos Alberto — Não. Ouviu só, Cynara? É só parar o trânsito que aparece vendedor de tudo...

Maria Cristina — Bi,Bi, bi,bi, bi-bi...

Carlos Alberto — E não para de passar motoboy!

Maria Cristina — Mé..., mé..., mé...

Cynara — O que é isso?

Carlos Alberto — Ovelhas. Devem ser do caminhão que capotou. Nós estamos cercados de ovelhas.

Cynara — "Nós", Carlos Alberto?

Carlos Alberto — Eu. Eu e o carro. Eu e os outros motoristas.

Cynara — Você está com alguém no carro, Carlos Alberto?

Carlos Alberto — Olha, o trânsito começou a andar. Vou ter que desligar!

Uma certa casa

Fica na Zona Sul. Num casarão de Botafogo. Num dos últimos casarões de Botafogo. Para entrar, você precisa ser apresentado por algum conhecido da casa. Se chegar sozinho, ultrapassar o grande portão de ferro, caminhar por entre os canteiros bem cuidados e os anjos de pedra, subir a escada de mármore, bater na porta e perguntar "É aqui que...", baterão com a porta na sua cara. Você precisa ser apresentado por um cliente. A clientela é pequena. Mas a fama do lugar está crescendo. Os homens olham furtivamente para todos os lados antes de entrarem pelo grande portão de ferro. Muitos vão de dia, para evitarem suspeita. E a fama do lugar se espalha, de boca em boca.

— Você não pode imaginar o que é...

— Um negócio diferente, é?

— É o que a gente estava esperando. Afinal, um homem precisa dessas coisas.

— Se a minha mulher descobre...

— A minha namorada sabe. Achou muito natural que eu procurasse um lugar assim. Afinal, esses lugares sempre existiram para que o homem procurasse neles o que não podia ter em casa, ou com a namorada.

— Tem uma *madame* e tudo?

— Tem uma *madame* com cara de *vó* da gente. Serve um licorzinho, bolinhos de polvilho. E vai apresentando as meninas.

— E que tal as meninas?

— Fantásticas. Tem uma, a minha favorita, que se chama Cíntia. Esta não existe.

— O que é que ela faz?

— Para começar, ela não fuma.

— O quê?

— Não fuma em público.

— Puxa, rapaz! Já estou ficando animado.

— Não diz palavrão.

— Não! Essa só vendo.

— E quando eu digo palavrão ela não gosta. Fica embaraçada.

— Me conta, ela fica ruborizada?

— Você também já quer os detalhes clínicos. Mas fica. Fica ruborizada.

— A última vez que uma mulher ficou ruborizada na minha frente acho que foi antes do Collor... Mas conta, conta.

— Tem outra, a Sueli. Uma loira. Esta usa vestido tomara que caia.

— E está sempre puxando o vestido para cima, com medo de que apareça o rego dos seios?

— Acertou. Fala baixo, também.

— Eu vivo pedindo para a minha mulher falar baixo, mas ela se recusa. Depois um homem procura uma casa dessas, e elas não compreendem por quê...

— Tem a Leonor. Esta é das mais requisitadas. Todos querem ficar com a Leonor.

— O que é que ela faz?

— Usa sutiã.

— Meu Deus.

— E daqueles com armação, pontudos, que espetam a gente. Suéter e sutiã.

— Você precisa me levar lá!

— Vamos na quinta-feira. Quinta-feira é dia de desfile.

— Desfile?

— De maiô.

— De biquíni, tanga…

— Não, de maiô, mesmo. Aliás, não é nem maiô, é *maillot*.

— Não me diz que aqueles inteiriços…

— Isso, alguns com saiote.

— Você quer dizer que elas cobrem tudo?

— Tudo. Elas desfilam e a gente assobia. Uma loucura.

— Mas, normalmente, o que elas usam?

— Vestidos.

— Vestidos de verdade?

— Inclusive saias. Nenhuma usa calça comprida.

— Eu não acredito. Você precisa me levar lá.

— Agora, não é barato.

— Quanto, mais ou menos?

— Depende do que você quiser. Namorar no sofá com a *madame* fazendo tricô na poltrona é tanto. Por um pouco mais, a *madame* cochila.

— E as meninas, topam?

— Só beijar, e assim mesmo depois de um mês.

— Formidável! Elas dão tapa na mão se a gente tenta alguma coisa mais?

— Dizem "Não!" e se afastam, no sofá. Tapa na mão é mais caro.

— E o que é que elas dizem? Na hora, o que é que elas dizem?

— Dizem "Eu não sou dessas...". Dizem "Só depois do casamento". Dizem "Você só pensa nisso...".

— E pensar que eu vou chegar em casa e encontrar minha mulher e seu grupo de nudismo no chão da sala, nos seus exercícios de sensibilização oriental. Minha mulher entrou num curso de Otimização Erótica. Está impossível. Eu não aguento mais.

— Vou apresentar você à *madame*. Ela tem exatamente o que você precisa.

— Quem é?

— A Celeste. Uma nova. Não cruza as pernas porque acha feio.

— Vamos agora. Agora!

Escalões

— Sabe quem está muito cotado para fazer parte do governo?
— Conta.
— O marido da Alba.
— Que Alba?
— Aquela baixinha. Você conheceu no cabeleireiro.
— Tenho uma vaga lembrança…
— Uma que pinta o cabelo de cobre. Fala muito *sinistro* porque ouviu na novela.
— Acho que sei quem é. Que horror.
— Pois é. Vai para Brasília.
— O marido é militar, é?
— Não, não. Área econômica. Parece coisa importante.
— Preciso investigar.

* * *

— Alô!
— Alô, Albinha? Aqui quem fala é Vivian Malheiros de Lima e Lima. Nos conhecemos no ca…

— Mas claro! Como vai?
— Muito bem. E você? Já fazendo as malas?
— Nem me fala. Sinistro.
— Os amigos podem saber para que posto vai o... o...
— O Jorge Augusto? Olha, Vivian, a coisa ainda é meio secreta. O Jorge Augusto não fala muito no assunto, em casa. Só sei que é coisa certa.
— Está me cheirando a primeiro escalão...
— A quê?
— Ministério, Albinha. E o Jorge Augusto merece.
— Não sei. Vai ser sinistro...
— O que é isso, querida? Precisamos comemorar. Vocês estão livres na sexta?
— Sexta-feira? Bem...
— Quero oferecer um jantarzinho para vocês, meu bem. Meu marido, de tanto me ouvir falar em vocês, está louco para conhecer o João Augusto.
— Jorge Augusto. Olha, acho que vai dar. Mas depois da novela, hein?
— Dez horas, está bem? Só nós e mais uns três ou quatro casais.
— Ótimo, Vivian.
— As minhas amigas me chamam de Vica.
— Ótimo, Vica!

* * *

— Jorge Augusto Souza Santos? Nunca ouvi falar.
— Ou Santos Souza. Por aí.
— Tem certeza de que é primeiro escalão?

— Coisa certa.
— Estranho...

* * *

— Alô, Vica? É a Alba.
   — Oi, Albinha!
   — Estou telefonando por uma bobagem, mas é que eu sou meio chata nessas coisas, sabe como é? O jantar na sua casa é com que traje?
   — Esportivo, Albinha, esportivíssimo. Coisa bem informal. É só para os nossos maridos se conhecerem melhor. Venham como quiserem.
   — Então está bom, Vica.
   — Alguma novidade sobre o posto do Jorge, Albinha?
   — Ah! Parece que não é primeiro, não.
   — Primeiro o quê?
   — Escalão.
   — Mmmm.

* * *

— Segundo escalão é até melhor. Mais estável. O tráfico de influência é maior.
   — Espero que você reconheça o que estou fazendo por você, Antônio. Ter que aguentar a tal de Alba... Aposto que ela vem ao meu jantar de tafetá.

* * *

— Alô, Vica?
   — Sim, Alba.

— Sobre o jantar de amanhã, outra vez. O Jorge Augusto queria levar alguma coisa. Quem sabe um vinho...

— Não precisa nada, Alba. A bebida está incluída no preço.

— Essa é boa, Vica. Você, hein? Sinistro.

— Alguma notícia de Brasília, Alba?

— Bom, já sabemos que segundo escalão não é.

— Terceiro?

— Tem alguma coisa abaixo de terceiro, Vica?

— Tem, mas aí já é subsolo, Alba.

— Parece que é quarto escalão.

* * *

— Já sei. O cara vai ser contínuo. Você e as suas amizades, Vica.

— Minhas amizades não senhor. Nem conheço a peça. E agora? O jantar está marcado.

— Problema seu.

* * *

— Alô, sra. Alba Santos Souza?

— Souza Santos. Sim, sou eu.

— Aqui é da parte de Vivian Malheiros de Lima e Lima. A senhora Lima e Lima lamenta, mas não poderá recebê-los para jantar hoje, como estava combinado.

— Por quê? Algum problema?

— Hepatite.

Uma ciência

Decidiram fazer um churrasco para as famílias se conhecerem. Do lado da Bea havia seu pai, sua mãe, um irmão mais moço e uma tia solteira. Do lado do noivo, Carlos Alberto, a mãe viúva, duas irmãs mais velhas, sendo uma com uma namorada, e um irmão com a mulher e dois filhos menores. O churrasco seria na casa da Bea, que tinha um pátio grande com churrasqueira, e o Carlos Alberto se prontificou: seria o assador.

* * *

Acertaram a logística do encontro. Os donos da casa forneceriam as saladas e a cerveja, os visitantes trariam a carne, a sobremesa e os refrigerantes, inclusive zeros para quem estivesse controlando a glicose. E o assador. Tudo transcorreu bem. Uma das crianças ralou o joelho e, segundo o consenso geral, exagerou um pouco nos gritos para chamar atenção, a tia solteira da Bea bebeu demais e caiu da cadeira, mas fora isso, tudo bem. Todos se entenderam, se divertiram — a namorada da irmã mais velha do Carlos Alberto tinha um repertório inesgotável de anedotas — e conversaram bastante. Menos o pai da Bea, o seu Vicente, que passou todo o churrasco emburrado. Sem dizer uma palavra.

* * *

Naquela noite, Bea perguntou aos pais se tinham gostado do Carlos Alberto. Seu Vicente e dona Nininha se entreolharam.

— Sei não... — disse o seu Vicente.

Bea se surpreendeu. "Sei não" por quê?

— Para começar — disse seu Vicente —, ele botou a carne em espeto baixo com o fogo ainda alto. Não esperou o carvão virar brasa. Vi que ia ser um desastre quando os salsichões vieram queimados.

— Ora, papai. O...

— Outra coisa. Ele usou salmoura na carne, em vez de sal grosso. Ninguém mais usa salmoura. A salmoura foi usada em churrasco no Brasil pela última vez na administração do Washington Luiz.

— Papai, você está dando importância demais ao...

— Tem mais! Ele botou a picanha com a gordura para cima. O certo, o clássico, é com a gordura para baixo. E a costela ele botou com o osso pra cima!

— Está bem, papai. Eu prometo que o Carlos Alberto nunca mais fará um churrasco para vocês.

— Não se trata disso, minha filha.

* * *

Não se tratava só daquilo. O importante era o que aquilo revelava sobre o caráter do assador. Alguém que se apresenta como assador sem ter a mínima ideia de como se assa não é apenas pretensioso e irresponsável. É um estelionatário. Demonstra desonestidade, arrogância e descaso pelos outros.

— O churrasco é uma ciência, minha filha. Não é para qualquer impostor.

— Mas papai...

— E o que ele inventou? Corações de galinha num espeto intercalados com pedaços de abacaxi. Não há hipótese de eu deixar minha filha casar com alguém que intercala corações de galinha com pedaços de abacaxi!

— E as sobremesas não estavam grande coisa — acrescentou dona Nininha.

O casamento foi adiado. Bea disse ao Carlos Alberto que precisava pensar.

Amor

"O amor", escreveu o poeta Solon Osíris, "é um estado febril da alma." No dia seguinte à publicação do seu poema na seção Pausa para o Devaneio daquele pequeno jornal do interior em que também era editor de Efemérides, cronista esportivo e repórter de polícia, Solon — ou Roque Cangoto, seu verdadeiro nome — recebeu uma carta em papel azul-claro perfumado, escrita com tinta roxa e assinada "Alma em Chamas". Sim, dizia a carta, o amor era uma febre da alma, uma febre que queimava e levava ao delírio e podia até matar. Alma em Chamas declarava que, numa frase, o poeta a desnudara até o íntimo e que tivera um frêmito ao ler suas palavras.

No mesmo dia, na qualidade de repórter de polícia, Roque acompanhou o delegado da cidade à casa de um tal Dulcídio, pois os vizinhos reclamavam de um cheiro insuportável que emanava da casa fechada. Dulcídio costumava sair todas as tardes para dar uma volta com seu cachorro, Calógeras, mas há dias que ninguém na vizinhança os via. Nem Dulcídio nem Calógeras. Que tipo de homem era Dulcídio? Um homem fino, amável. Representante comercial. Não, não tinha família na cidade e nenhum amigo íntimo. Namorada? Que alguém soubesse, também não.

— Será que era...

— Não. Tinha o aspecto bem másculo. Representante comercial.

— Por que "tinha"? Quem foi que disse que ele morreu?

— Esse cheiro...

— Pode ser o Calógeras.

— Se for o Calógeras, onde está o Dulcídio?

Arrombaram a porta e entraram na casa. Era o Dulcídio. Tinha sido golpeado com um pesado objeto no crânio, por trás. E se era o Dulcídio, onde estava o Calógeras? O cachorro era a coisa que Dulcídio mais amava no mundo. Para ele era Deus no céu e o Calógeras na terra.

O delegado deu uma busca entre os papéis de Dulcídio. Não prestou atenção a um maço de cartas em papel azul-claro escritas com tinta roxa que Roque avistou por cima do seu ombro. Quando o delegado se afastou, Roque pegou as cartas e examinou-as. O perfume e o estilo eram os mesmos. Só que em vez de Alma em Chamas ela se assinava "Sempre Tua". A carta com a data mais recente terminava com esta frase: "Aguardo tua decisão. Sempre Tua".

De volta à redação do jornal, Roque redigiu a notícia do assassinato — "Achado Macabro na rua Quinze" — e depois fez seu poema diário para a edição do dia seguinte. Escreveu:

"Ó Alma em Chamas, que às palavras do poeta desfalece, imita tuas palavras e aos olhos do poeta aparece..."

Três dias depois, enquanto as investigações da polícia não levavam a nenhuma pista para o esclarecimento do crime da rua Quinze, Solon Osíris recebeu outra carta azul-clara. "Jamais confiarei em outro, pois confiei demais no único. Prefiro amar as palavras que traem o poeta no homem do que conhecer o homem que pode trair as palavras do poeta. Pois, se nem todo homem é poeta, todo poeta é homem e todo homem é cachorro." Ao que Solon Osíris respondeu, pelo jornal:

"Serei poeta dos teus encantos, homem dos teus desejos e cachorro dos teus caprichos. Tua alma em chamas a minha alma chama!"

A próxima carta azul-clara (nenhuma pista ainda no crime da rua Quinze) dizia: "Traída uma vez e uma vez vingada, ainda assim minh'alma enfraquece. Esta volúpia que me invade será por nova traição ou por mais vingança? Não sabes no que tuas palavras te estão metendo, poeta…".

Osíris respondeu:

"Se as palavras do poeta são audazes, verás que suas mãos são, no amor, muito mais loquazes."

Alma em Chamas sucumbiu e marcou um encontro com Roque no canteiro das rosas da praça, à meia-noite, dali a três noites. Na seção Pausa para o Devaneio do dia seguinte, Osíris escreveu:

"Ao poeta reconhecerás, pelo ardor, onde fores; mas como te reconhecer, ó misteriosa, entre outras flores?"

E Alma em Chamas respondeu: "Serei a mais misteriosa…".

Roque Cangoto avisou o delegado. Este disse, com desdém, que todo repórter de polícia tinha mania de ser detetive. Roque respondeu que quem estava desvendando o crime não era o repórter, com sua diligência, mas o poeta, com seu conhecimento da alma humana. Só não foi corrido da delegacia a tapa porque o delegado era seu tio. Combinaram que o delegado estaria no canteiro das rosas àquela noite, para ouvir a conversa entre Osíris e Alma em Chamas.

Às onze e meia o delegado estava a postos, camuflado de arbusto. Roque Cangoto chegou quinze para a meia-noite. Alma em Chamas, com um longo vestido preto e um véu cobrindo o rosto, chegou à meia-noite em ponto. Era impossível dizer sua idade, mas parecia estar perto dos quarenta. Seu perfume inundava a praça.

Por alguns minutos, nenhum dos dois disse nada. Então Alma em Chamas falou:

— Onde estão tuas palavras bonitas, poeta?

Roque aproximou-se dela. Ergueu o véu que cobria seu rosto. Disse:

— Não trouxe palavras. Mas trouxe minha boca...

Beijaram-se.

— Seu verdadeiro nome? — perguntou Roque.

— Uma rosa por qualquer outro nome... — respondeu ela, indicando com um gesto as rosas do canteiro e um arbusto que tremia estranhamente.

— Você escreveu em sua carta que o amor é febre que pode matar. E que fora traída e vingada. Falou também num único... Devo deduzir que...

— Sim, que ele está morto.

— Você o matou?

— Você me julga capaz de matar por amor, poeta?

Roque a beijou outra vez. Demoradamente. O arbusto aproximou-se mais. Depois do beijo, Roque falou:

— Sim. Mataria. E com um objeto pesado no crânio. Estou certo?

— Está. Eu disse que você me tinha desnudado... E, se me trair como ele me traiu, também morrerá.

— Que foi que ele fez?

— Tinha um cachorro. Um cachorro insuportável. Ciumento, possessivo. Eu disse que ele devia escolher. Ou o cachorro ou eu. Ele escolheu o cachorro. Eu o matei.

— E o cachorro?

— Está comigo.

Roque Cangoto não entendeu. Era muito moço.

— Mas como?

— Ele amava o cachorro. O cachorro é a única lembrança dele que eu tenho...

Alma em Chamas foi presa. Roque Cangoto continuou a trabalhar no jornal. Mas nunca mais fez poesias. Tinha desistido da alma humana.

O brinco

— Alô?

— Russo, deixa eu falar com a Moira.

— O quê?!

— Eu sei que ela está aí. Passa o telefone pra ela.

— Maurão, você enlouqueceu? O que que a Moira ia estar fazendo aqui a esta hora?

— Eu só quero falar com ela, Russo. Não vou brigar, não vou fazer cena…

— Mas o que é isso? Você sabe que horas são?

— Desculpe se interrompi qualquer coisa, mas eu preciso falar com a Moira.

— Maurão. Escuta. São três da manhã, eu estou dormindo, não tem ninguém aqui comigo e muito menos a… Ô Maurão! O que você pensa que eu sou? Você e a Moira são meus melhores amigos!

— A Moira não é só amiga, não é, Russo? Eu sei. Você e ela…

— Mas que loucura! Maurão…

— Deixe eu falar com ela!

— Quer saber de uma coisa? Vai à... Se a Moira não está em casa, eu não tenho nada a ver com isso. Aqui ela não está.

— Você não sabia, mas eu vi você comprando o brinco no calçadão.

— Que brinco?

— Eu vi! E no dia seguinte o brinco apareceu na orelha da Moira.

— E ela disse que eu dei pra ela?

— Ela não disse nada. Eu vi!

— Maurão...

— Você quer que eu faça uma cena? Então está bem. Estou indo praí agora mesmo. Vamos fazer a cena completa, Russo. Marido traído, revólver na mão, tudo. Te prepara!

Maurão desliga. Russo fica por um momento pensativo. Roberto, deitado ao seu lado, não diz nada. Finalmente, Russo fala. Não há rancor em sua voz, só decepção.

— Você e a Moira, é, Roberto?

— Por que eu e a Moira?

— O brinco que eu comprei pra você apareceu na orelha dela.

— Deve ser um parecido.

— Por favor, Roberto. Tudo menos mentira.

— Está bem, eu dei o brinco, Russo. Mas não pra Moira. Pra Lise.

— Pra Lise?!

— É, pra Lise, minha mulher. Juro.

— E a Lise deu pra Moira.

— Será?

— Você sabe onde a Lise está agora, Roberto?

— Deve estar em casa, por quê?

— Porque a Moira não está em casa.

— Você acha que a Lise e a Moira…

— É melhor você ir embora, Roberto. Estou esperando alguém.

— Quem?

— O Maurão vem me matar.

— Eu fico.

— Você vai.

— Está bem.

Roberto levanta da cama, se veste e começa a sair.

— Roberto…

— Ahn?

— Você não gostou do brinco?

Santa Terezinha

— O que vocês fizeram durante os anos rebeldes?

O pai e a mãe se entreolham. O pai comenta:

— Acho que eu nem era nascido.

— Sério, papai!

— Deixa ver. Sua mãe e eu namorávamos, eu recém tinha começado a trabalhar...

— Eu ainda estudava — diz a mãe.

— E o que vocês faziam?

— Bom, a gente ia ao cinema, depois passava num Bob's...

— Não. Eu quero dizer coisa da pesada.

— Uma vez eu juntei dinheiro e levei sua mãe ao Jirau. Lembra, Gilsa?

— Jirau. Claro. Na Rodolfo Dantas.

— Duvivier.

— Rodolfo Dantas.

— Duvivier!

A filha tenta interromper.
— Não! Eu quero dizer...
— Na Duvivier era o Kilt.
— O Kilt na Duvivier? Você está sonhando!
— Está bem, mas o Jirau era na Rodolfo Dantas. Isso eu aposto. A gente dançava o *hully-gully*.
— Não, não. O twist. O *hully-gully* veio depois.
— O twist, o *hully-gully* e o *madison*.
— *Madison* é invenção sua.
— Existia o *madison* sim senhor. A gente fazia uma fila...
— Eu só me lembro de dançar o twist, e tenho as dores na coluna para provar. Talvez um pouco de chá-chá-chá. E...
— Parem! O que eu quero saber é se vocês se envolveram na política. Se fizeram manifestação. Essas coisas.
Há um silêncio. A mãe hesita, depois diz:
— Minha mãe deu ouro para o bem do Brasil.
Pai e filha estão estupefatos.
— A vovó fez o quê?! — pergunta a filha.
— Logo depois da revolução. Fizeram uma coleta de recursos, sei lá pra quê. Pagar a dívida externa, pagar as contas do Planalto. Sei lá. As pessoas davam alianças, qualquer coisa. Mamãe deu uma correntinha. Uma que ela estava guardando pra dar pra primeira neta.
— Pra mim!
— E...
— Você nunca me contou isso, Gilsa.
— E ia contar? Você com aquelas suas ideias esquerdistas. Quase acabou o namoro quando soube que meu pai era lacerdista.
— Papai! Você era esquerdista!
— É. Mais ou menos.
— E fez protesto? Agitação? Guerrilha?

— Não exatamente.

— Pô, papai.

— Espera um pouco. Agora eu lembro. Uma vez fui comprar o *Correio da Manhã*. Tinha um vizinho nosso, militar, na banca. O Edélsio, lembra Gilsa? Linha-dura. Bom no vôlei, mas reacionário como ele só. Eu cheguei e pedi, bem alto: *Correio da Manhã*.

— E daí?

— Daí? Daí que o *Correio da Manhã* baixava o pau no governo militar. Todo mundo lia os artigos do Carlos Heitor Cony e comentava depois.

— E o general?

— Não era general. Era coronel.

— O que ele fez?

— Nada. Nem sei se ouviu. O fato é que não me intimidei. Pedi *Correio da Manhã* na cara dele. Assim, com esta voz. E mesmo, como é que eu ia fazer guerrilha, com a minha miopia?

— E noivo.

— E noivo?

— Tudo bem.

— E com a minha coluna?

— Tudo bem, papai.

— Pelo menos não dei ouro pra ninguém.

— Eu sabia que você ia reagir assim. Não sei por que fui contar.

A filha quer saber:

— Que fim levou esse ouro?

— Deve andar em algum desses esquemas por aí. No Brasil, a vigarice é sempre a mesma. Só muda o pretexto.

— Eu só sinto pela Santa Terezinha.

— Quem?

— A medalhinha de ouro que a vovó estava guardando pra você. Era da Santa Terezinha.

— Ora, mamãe.

— Você nos desculpa, minha filha?

A rocha

Com o tempo, dona Mimosa adquirira uma sólida autoridade moral sobre a família. Diziam:

— A dona Mimosa tem os pés no chão.

Também tinha a cabeça no lugar, um bom nariz para certas coisas e enxergava longe. A velhice só aumentava o seu prestígio. Agora, além do senso prático e da sabedoria herdada, tinha a experiência. Enterrara um marido, criara onze filhos, ajudara a criar vinte netos e, se não tivera nada a ver com o começo da república, pelo menos estivera presente na implantação do Estado Novo. Aos cem anos estava lúcida e atenta. Várias gerações da família tinham se orientado pelo seu nariz. E dona Mimosa não falhava.

— Vovó, o neném está com soluço.

— Bota um algodão molhado na testa.

— Tia Mimosa, o Olegário não sabe onde aplicar o dinheiro.

— Terra.

— Mamãe, estou pensando em mudar o forro do sofá.

— Cinza.

As gerações se sucediam, mas os problemas eram parecidos.

— O Maneco não quer estudar.

— Traz ele aqui.

O Maneco ouvia uma preleção da dona Mimosa. Ouvia casos da família, de vagabundos que acabavam na ruína e de doutores feitos na vida. O importante era ter uma posição. Quem podia estudar e não estudava era pior que um vagabundo. Era um perdulário.

— O que é perdulário, bisa?

— Estuda para aprender!

Brigas por dinheiro ou propriedade. Casos de desconfianças ou ciúmes entre cunhadas. Dúvidas sobre a saúde: opera ou não opera? Tudo acabava sendo decidido por dona Mimosa. Vez por outra ela tomava uma ação preventiva. Chamava o filho mais velho e dizia:

— Meu nariz me diz que o Tininho está em dificuldade. Investiga.

Ou:

— Tenho notado que a filha da Juraci sua muito. Acho que deve casar.

E estava sempre certa.

Nos momentos de grande crise, dona Mimosa era a rocha da salvação. Como na vez em que descobriram que o Biluca tinha outra família. Dona Mimosa não aceitou discutir o assunto reservadamente. Convocou uma reunião de família, vedada só aos menores de dezoito, e expôs o Biluca à reprovação geral, sem dizer uma palavra. Depois acertou com o Biluca, reservadamente, o que deveria ser dado como compensação à segunda família, que ele abandonaria imediatamente.

A primeira vez na sua vida que dona Mimosa não soube o que dizer foi quando lhe contaram que o Sidnei, com quarenta anos, estava fazendo jazz.

— Eu não sabia que ele tocava um instrumento.

— Não toca nada. Está numa aula de dança.

Pela primeira vez, em cem anos, dona Mimosa ficou com a boca aberta.

Depois foi o tataraneto Duda — filho do Maneco, o vagabundo, que acabara se formando em direito — quem surpreendeu a velha com um pedido de dinheiro, já que o pai aplicara tudo no *open* e estava desprevenido. O Duda queria descolar uma nota *pra* levar umas *gatas* a Porto Seguro no maior *barato*, falou?

Dona Mimosa ainda tentou ser categórica. Era difícil viajar com gatos. Devia usar um balaio. Ou caixas de papelão. Mas era óbvio que ela estava tateando.

A família continuava procurando dona Mimosa pelos seus conselhos. Mas já não os aceitava como antes.

— Vovó, acho que vou botar dinheiro numa butique só de coisas importadas para o banheiro. Já tenho até um nome: "Xixique".

— Não, não. Compra terra.

— Ora, vovó, terra...

Há dias levaram mais um problema para dona Mimosa.

— A Berenice vai sair de casa.

— Não deixa.

— Não adianta. Ela vai se juntar.

— O quê?

— Com a Valdirene.

— Ah, bom. Vai morar com uma amiga.

— Não. Vão formar um casal.

Silêncio.

— O que a senhora acha?

Dona Mimosa sentiu que o mundo lhe escapava. Seu nariz não lhe dizia mais nada. Era preciso, no entanto, resguardar a autoridade. Com um esforço, recompôs-se e perguntou:

— E essa Valdirene, tem uma posição?

A japonesinha

— A Iko matou a minha mãe.

Sempre que o Carlão dizia isto num grupo abria-se uma clareira de espanto. O quê? A Iko? A japonesinha com quem o Carlão se casara no Japão e trouxera para o Brasil? Aquele encanto? Aquele doce? Era impossível imaginá-la matando um mosquito, quanto mais a sogra.

O Carlão explicava.

— Vocês já notaram que ela está sempre abanando a mão na frente do nariz?

Todos já tinham notado. Era um dos seus gestos mais graciosos. O consenso geral era que Iko ainda não se acostumara com o calor do Brasil. Por isto se abanava sem parar.

Não era o calor.

— Ela não suporta o nosso cheiro — disse Carlão.

— Como, "o nosso cheiro"? Nós quem, os homens?

— Não. Nós os ocidentais.

* * *

O espanto do grupo só aumentava. Então os ocidentais tinham um cheiro diferente? E um cheiro ruim?

— Tem para os japoneses — disse Carlão. — Ou, pelo menos, para a Iko.

A Iko combinava uma sensibilidade olfatória rarefeita com uma sinceridade desconcertante. O Carlão já pedira para ela não repetir o gesto de abanar o nariz na frente dos outros. Ele já se acostumara com a crítica silenciosa da mulher ao seu cheiro, mas os outros poderiam não gostar. Ninguém gosta de ser chamado de fedorento, mesmo que só com um gesto.

E que vida social seria possível, para o casal, se Iko continuasse fazendo aquilo?

Iko ouvia o pedido do marido e sorria. Estava sempre sorrindo, mesmo quando abanava o nariz. Mas, na presença de um ocidental, nunca deixava de se abanar. Sorrindo. Encantadora. Mas afastando o mau cheiro com sua mãozinha delicada.

* * *

Carlão contava que no encontro da Iko com sua mãe acontecera o que ele temia. Iko recuara quando sua sogra tentara abraçá-la e dar as boas--vindas ao Brasil. E em seguida abanara a mão na frente do nariz. Sempre sorrindo.

— Que gesto é esse que ela faz?

— Nada, mamãe. É um costume japonês. Um gesto de felicidade. Ela está contente de conhecê-la.

— Ela não está dizendo que eu cheiro mal?

— Não, mamãe. É que...

— Está sim. Está sim!

E a mãe do Carlão passara a tomar três banhos por dia, e a se perfumar mais do que de costume depois de cada banho, e nem assim escapava da repulsa muda da nora sempre que se encontravam. E aumentara a frequência dos banhos. E, com isto, as probabilidades de um acidente no banheiro. Que aconteceu. A mãe resvalara ao sair da banheira cheia de espuma aromática, batera com a cabeça e morrera. Iko sentira a morte da sogra, mas não comparecera ao velório e ao enterro. Seriam muitos ocidentais juntos, ela não aguentaria.

* * *

No grupo ninguém perguntava, mas a dúvida passava pela cabeça de todos. Como, depois de tudo, o Carlão continuava com a Iko, com sua mãozinha intransigente abanando? E como seria a vida sexual dos dois? Imaginavam Carlão e Iko na cama, a Iko um encanto, a Iko um doce, a Iko uma amante fogosa, mas sempre apertando o nariz.

Origens

Quando o cavalheiro Guillaume de Sancerre voltou das Cruzadas depois de três anos e surpreendeu sua mulher, Beranger, na cama com Guy de Rochemadour, chamado O Gazua, ou "Le Rossignol", porque desenvolvera uma técnica de abrir cintos de castidade que comercializara por toda a Europa cristã, derrubou a argumentação da mulher de que Guy era um simples artesão que estava consertando o lustre e caíra, por acidente, na sua cama justamente naquele instante com uma exposição impiedosa das probabilidades matemáticas de tal ter acontecido, decapitou Guy com sua espada e depois pediu para encherem um tonel com água quente porque queria se lavar, para grande espanto de todos. O episódio é importante porque nele se cruzam aplicações práticas da matemática avançada e do banho, duas novidades árabes que influenciariam grandemente a história do Ocidente, e as origens do "franchising" nas atividades do engenhoso mas desafortunado Guy. Também dizem que foi a primeira vez na História que se ouviu a frase "*Ciel, mon mari!*", mas isso eu não sei.

O ciúme, esta fera

Conheceram-se numa reunião dançante no Clube dos Subgerentes, na Barra. Ela se chamava Jaqueline; ele, Gérson. Ela era magra e muito branca. Tinha uma beleza etérea, angelical. Ele tinha a testa estreita e os olhos muito juntos, mas era forte e atraente. No começo, só trocaram informações gerais.

— És ciumento?

— Sou.

No fim da noite, entraram em confidências. Ela disse que procurava um amor puro e definitivo. Com um homem perfeito. E acrescentou:

— Sou espiritualista.

Ele respondeu que praticava o *pin-bá*, a arte javanesa de autodefesa e condicionamento psíquico e físico, que também tinha muito de espiritual, entende? O *pin-bá* fora fundado por Ka-Pao, o Príncipe Atleta de Java, no século XIII. Ka-Pao atingira a síntese ideal do espírito e da matéria. Era homem de ação e filósofo. Guerreiro e pensador. Jaqueline aceitou ser levada em casa por Gérson, no seu Volkswagen grená. A tia de Jaqueline — ainda mais magra e branca do que ela — a acompanhava. Moravam no Grajaú.

Em frente à casa de Jaqueline, enquanto a tia dormia no banco de trás, trocaram beijos ardorosos. Mas Jaqueline recusou qualquer intimidade maior. Precisava saber se Gérson era mesmo o homem que procurava. Marcaram um encontro para o sábado seguinte, no Clube. Jaqueline saltou do carro e desapareceu nas sombras do jardim de sua casa.

Gérson arrancou com o carro. Já estava chegando na Real Grandeza, onde morava, quando se deu conta: "Meu Deus, esquecemos a velha no banco de trás!". Ali estava ela, dormindo, com a boca aberta. Gérson voltou correndo para o Grajaú.

A casa de Jaqueline estava às escuras. Decidiu que o melhor a fazer era acordar a velha e depois acompanhá-la até a porta. Jaqueline certamente dera falta da tia e estaria esperando a sua volta.

Gérson sacudiu a velha. Nada. Sacudiu com mais força. "Acorde." E então a cabeça da velha se desprendeu do pescoço e caiu sobre o seu próprio colo.

Gérson não podia dizer quanto tempo ficou ali olhando, boquiaberto, os olhos muito juntos, para aquela cabeça. Depois saiu correndo, em pânico. Correu um quarteirão e voltou. Por que fugir? Não fizera nada. Se encontrassem seu carro abandonado com uma tia decapitada no banco de trás, seria pior. Entrou no quintal da casa de Jaqueline. Evitou olhar para o toco de pescoço que aparecia através do vidro traseiro do Volkswagen grená. Bateu na porta da casa. Estava amanhecendo. Ninguém atendia à porta. Bateu de novo. Ensaiou, mentalmente, o que diria a Jaqueline: "Tenho uma notícia boa e uma notícia má. A notícia boa é: trouxe a sua tia de volta...". Mas por que não abriam? Seria possível que Jaqueline fora dormir sem dar falta da tia? Bateu com mais violência.

A porta foi aberta por um velho de pijama desbotado. E essa, agora! Provavelmente o pai de Jaqueline. Irmão ou cunhado da acéfala.

— Eu poderia falar com a Jaqueline? — disse Gérson. — É urgente.

O Velho não disse nada. Gérson insistiu. Não era ali que morava a Jaqueline? E então o velho respondeu:

— Minha filha Jaqueline morreu num acidente de carro há sete anos. Estava voltando do Clube dos Subgerentes, na Barra, com sua tia Macucha e com seu noivo, num Volkswagen. Os três morreram. Minha cunhada Macucha foi decapitada. Boa noite.

Gérson voltou, apalermado, para o carro. Olhou no banco de trás. Nem sinal da Macucha. Ou da sua cabeça.

Gérson procurou em jornais antigos. O acidente fora pavoroso. Os três tinham morrido instantaneamente. A cabeça da tia fora encontrada num matagal a cinquenta metros da estrada. O corpo ficara no banco de trás. Jaqueline e o noivo estavam um sobre o outro, no asfalto. O noivo ficara irreconhecível. Jaqueline morrera sem uma marca no corpo.

No Clube dos Subgerentes ninguém sabia dizer muita coisa sobre Jaqueline. Sabe como é, a frequência do Clube muda muito, os subgerentes são promovidos, a turma de sete anos atrás não é a mesma de hoje...

— Será que ninguém aqui se lembra dela?

— Talvez seu Matias, o porteiro...

Mas Gérson não encontrou o velho Matias. E naquele sábado compareceu à reunião dançante no Clube, mal sabendo por quê. E não se surpreendeu quando avistou, sentadas na mesma mesa da vez anterior, bebendo guaraná, Jaqueline e a tia Macucha, esta com a cabeça de novo no lugar.

Gérson aproximou-se da mesa. Jaqueline␣sorria levemente.

— Alô.

— Olá.

— Quer dançar?

De madrugada, Gérson deixou Jaqueline em sua casa do Grajaú depois de muitos beijos e juras de amor. Exatamente como antes. Desta vez, no entanto, acordaram a tia, que também desceu do carro e desapareceu, com Jaqueline, nas sombras do jardim.

Gérson e Jaqueline apaixonaram-se. Gérson disse a Jaqueline que sabia sobre a sua vida, sabia que ela já tinha morrido, e não se importava. Jaqueline confirmou. Sim, estava morta. Tinha morrido às portas da felicidade, quando se preparava para casar com o único e grande amor da sua vida, um homem perfeito que lhe daria tudo, tudo. E voltara ao mundo — com a tia de acompanhante — para buscar a felicidade perdida. Jaqueline e a tia transitavam entre um mundo e o outro. Voltavam ao mundo dos vivos aos sábados, para as reuniões dançantes do Clube. Só o amor de um homem igual ao noivo roubado pela fatalidade restituiria Jaqueline à vida, para todo o sempre. Gérson seria esse homem?

Gérson perguntou se Jaqueline podia ter contatos com outros espíritos, no mundo dos mortos. Podia, claro.

— Então, faz o seguinte. Procura Ka-Pao, o Javanês Iluminado. Ele lhe dirá tudo o que eu devo fazer para ser um Mestre do *pin-bá* e atingir a perfeição do corpo e do espírito.

Marcaram encontro no sábado seguinte. Nesse meio-tempo, Gérson conversou com o velho porteiro, seu Matias, e ficou sabendo que Jaqueline, antes de morrer, era conhecida no Clube porque ia com qualquer um. A tia acompanhante não era problema, estava sempre dormindo. Um noivo? Só se fosse um noivado por semana, porque era sempre um diferente...

Quando levava Jaqueline e a tia para casa, depois da reunião dançante no Clube, no sábado seguinte, Gérson perguntou a Jaqueline:

— Você encontrou o Príncipe Ka-Pao?

— Encontrei.

— E daí?

— Que homem!

Quando tentou acertar Jaqueline com um tapa, Gérson perdeu o controle do Volkswagen, que se espatifou contra um poste na saída do túnel do Joá. Gérson teve morte instantânea.

No sábado seguinte, Jaqueline e a tia estavam na mesma mesa do Clube bebendo guaraná. Um jovem aproximou-se da mesa. Alto, bonito.

— Quer dançar?

Jaqueline sorriu levemente.

Destino: Calais

Disse o homem:
— Perdoem, por favor, mas eu sou um escritor, e como tal fascinado pelas pessoas e seus destinos. Notei que cada um de nós, neste compartimento, tem um tipo físico, uma idade e um semblante diferentes dos demais, e está claro que nenhum de nós conhece o outro. Mas me pergunto se a única coisa que temos em comum é estarmos no mesmo trem, indo para o mesmo lugar. Seria interessante, de um ponto de vista literário, ou apenas para passar o tempo, tentar descobrir alguma outra coisa que nos una. Ou importuno?
— Não, não — disse a mocinha. — Eu estava pensando a mesma coisa. Seis pessoas, seis vidas, seis destinos. O que teremos em comum? O senhor diz que é escritor...
— Nabokov. Nasci na Rússia, mas fui obrigado a me exilar. Suponho que ninguém mais aqui seja escritor. Ou, que Deus nos proteja, russo. Sabem o que dizem: dois russos são sempre dois a mais do que o necessário.

— Eu sou eurasiana. Estou viajando para esquecer um grande amor. Mas prefiro não falar em Robert. Profissão, acrobata.

— Esse Robert era suíço? Um dos meus colegas nas pesquisas sobre isótopos e lipídios em Montreaux se chamava Robert.

— Não senhora. Era domador. Americano. Está morto.

— A senhora, então, é pesquisadora...

— Sim. Belga. Não adiantaria dizer meu nome. Ninguém guarda o nome dos ganhadores do Nobel de Física.

— Uma acrobata e um prêmio Nobel! Que interessante. Eu nunca ganhei o Nobel. Sabem como é a política na Academia sueca. E o senhor?

— Sou grego e não faço nada. Milionário. Vivo para o prazer e a aventura. Aliás, senhorita, não faz muito pulei na arena para evitar que um leão arrancasse a cabeça de um desafortunado domador. Tarde demais, infelizmente. Não seria...

— Não. Foi um tigre.

— Ah, bom.

— E o senhor, padre? — perguntou o escritor.

— Sou um mero assessor do Papa. Certamente o mais humilde. Só dou minha opinião quando sua eminência a pede, depois de ouvir todos os outros. Frugatti. Natural de Arezzo.

— Bem, até agora, nada em comum. Talvez o senhor, cavalheiro, seja o elo que falta em nossas vidas.

— Acho difícil. Qualquer um dos senhores já teria me reconhecido, se frequentasse os mesmos círculos. Eu sou Delmas. O nome lhes diz alguma coisa? Eu sabia que não. Fui eu que contatei o espírito de Coco Chanel para esclarecer alguns pontos do seu testamento. Mas, claro, isso não foi divulgado, fora da família. Só eu falo com Goethe. Nacionalidade húngara. Não tenho nada em comum com ninguém.

— É espantoso. Seis nacionalidades diferentes, seis profissões...

— Bem, temos dois artistas. Um escritor e uma acrobata…

— Duas profissões de risco, é verdade. Mas são completamente diferentes. Um escritor não usa rede.

— Quer dizer, então…

— Que não temos nada em comum, salvo o destino deste trem.

Bem, na verdade tinham. Por casualidade, estavam reunidos no mesmo compartimento de trem seis grandes mentirosos, mas isto nenhum ficou sabendo.

Misto-quente ou O fim do mundo

Ele pediu um misto-quente. Ela se impacientou.

— Vai comer só isso?

— Vou.

O sanduíche dela era enorme. A alface saía pelos lados. Um molho amarelo pingava no prato. Pontas de tomate, bacon e cebola também apareciam nas bordas. O pão era com sementes de gergelim.

O misto-quente dele era só presunto e queijo entre duas torradas.

— O que você vai beber?

— Água.

— Toma uma Coca. Eu estou pagando.

— Água.

— Olha, se você vai ficar assim, é melhor nem ter essa conversa.

— Assim como?

— Assim, emburrado. Se fazendo de coitadinho.

— Só porque eu pedi um misto-quente?

— Escuta. Nós não estamos brigando. Entendeu? Nós só vamos dar um tempo. Aliás, eu vou tentar aquela bolsa no Canadá. É possível que eu até viaje.

— Tá certo.

— Pelo menos põe ketchup nesse misto-quente!

— Eu gosto assim. Simples. Sem adornos. Você sabe que existe uma ordem religiosa que se alimenta exclusivamente de mistos-quentes? Acho que é no Tibete. Isto que você olha com tanto desdém pode ser um dos caminhos para Deus.

— Escuta…

— O misto-quente é uma lição de vida. Quem precisa mais do que isto, presunto, queijo e duas torradas? O misto-quente é a vida reduzida ao essencial. Todo o resto é supérfluo. Vou passar a comer só misto-quente com água. Quando você voltar do Canadá, eu talvez esteja levitando. Dizem que os monges do Tibete não andam mais no chão. Cada um é o seu próprio helicóptero. Tudo devido ao misto-quente.

— Eu vou pegar uma cerveja. Você quer que eu lhe traga alguma coisa?

— Água.

— Com gás?

— Sem gás. Bolhinha já é afetação.

— Você quer ou não quer ter esta conversa?

— O que há para conversar? Nós vamos dar um tempo, você vai para o Canadá, eu talvez me dedique a um tratado sobre o misto--quente. Origem, antecedentes, morfologia, simbolismo… Não há mais nada para conversar.

— Você, também, faz um drama. Não é o fim do mundo.

— Como não é o fim do mundo? É o fim do mundo, sim. Você acaba de me dar a notícia de que um meteoro vai se chocar com a Terra.

— Que exagero. Nós vamos só dar um tempo...

— Que tempo?! Você não entendeu? É o fim do mundo. Maremoto. Nova York arrasada. O Japão sob as águas.

— Já vi que não podemos conversar. Eu queria acabar tudo de uma maneira civilizada, mas...

— Não existe maneira civilizada de um amor acabar. É como pedir para você comer esse sanduíche de uma maneira civilizada. Não dá, vai espirrar o molho, o bacon vai cair no seu colo... Vai ser um cataclismo. Amor que não acaba em cataclismo não era amor.

— Tá bom, tá bom. Coma o seu misto-quente, vá.

A extremófila

Há organismos que nascem e crescem em lugares que até pouco tempo eram considerados impossíveis para a vida, como em torno das fendas vulcânicas no fundo do mar. Estes organismos têm um nome: extremófilos. Eles amam os extremos. Dependem dos extremos para viver. Ou — o caso da Verinha — só se sentem realmente vivos perto dos extremos. Na turma havia até uma certa desconfiança de que a Verinha nascera numa rachadura do fundo do mar. Só isto explicaria sua atração pelos extremos.

* * *

Não se tinha notícia de um namorado da Verinha que não tivesse no mínimo ou o dobro ou a metade da sua idade. Uma vez namorara um homem tão mais velho do que ela que o traíra com seu bisneto. Outra vez encontraram a Verinha com um novo namorado num restaurante, comemorando com champanhe o nascimento do primeiro pelo pubiano dele, o que significava que ele já podia tomar champanhe. O romance acabou logo em seguida quando a Verinha fugiu para Paris com a avó do rapaz, que fizera análise e descobrira que era lésbica, e que também foi abandonada quando Verinha conheceu um estudante basco que planejava se atirar de paraquedas sobre a embaixada espanhola com dinamite amarrada no corpo e, claro, não pôde resistir a ele.

* * *

Por tudo isso, todos estranharam quando a Verinha começou a sair com o Miro. O Miro era mais ou menos da sua idade. Nem muito mais velho nem muito mais moço. Funcionário público. Gostava de futebol, mas não era fanático por nenhum clube. Lia pouco. *Seleções*, alguns livros de autoajuda. Também não era muito de cinema. Lamentava que não aparecessem mais filmes do Sylvester Stallone. Bebia com moderação, gostava de dormir cedo e, em matéria de política, não tinha opinião formada. Votava em quem parecesse mais honesto. Sua filosofia era que, se todos no Brasil apenas fizessem o seu trabalho corretamente, como ele na repartição, este país tinha jeito, sim.

* * *

Pediram explicações a Verinha.

— Por que o Miro?

— Cansei — disse, simplesmente, a Verinha.

Era difícil de acreditar. Uma extremófila cansada dos extremos? A Verinha acomodada? A Verinha dormindo cedo, depois de sexo protocolar? A Verinha concordando que a sabedoria está sempre no meio-termo, como gostava de dizer o Miro? A Verinha moderada?! Impossível. E começaram as especulações. O Miro seria um extremista disfarçado.

Seu exterior de pão de ló esconderia um coração de Al-Qaeda. Ou ele era alguma coisa extrema na cama, alguma coisa que a Verinha não encontrara em moços, velhos, lésbicas ou acessórios. Mas não. Miro parecia ser exatamente o que parecia ser. Qual era a explicação? Não havia explicação racional. Até que um dia alguém notou a expressão no rosto da Verinha enquanto o Miro descrevia o novo método de arquivamento que inventara para o escritório. A adoração, o quase êxtase, no rosto da Verinha. Era isso! Era a explicação!

— Vocês já notaram como o Miro é chato?

— É, coitado.

— Não, o Miro é muito chato. O Miro é extremamente chato. O Miro é, provavelmente, o homem mais chato do mundo!

Claro. Uma extremófila não se contentaria com alguém apenas normal. Tinha que ser alguém radicalmente normal. Um chato até as últimas consequências. E até hoje, quando o Miro diz coisas como "Eu, se não durmo minhas oito horas por noite, fico imprestável," a Verinha olha em volta, radiante, desafiando alguém da turma a produzir um chato mais chato do que o seu.

O justo

Justino. Todos o chamavam de "Justo". E ele era. Um homem sério, ponderado, um paradigma moral. Tanto que Gelson, um dos seus admiradores, toda vez que o via na rua, gritava:

— Paradigma! Paradigma!

E foi Gelson que, um dia, procurou o Justino para se aconselhar. Marcaram um encontro num bar. Gelson desconfiava de que a mulher, Francilene, tinha um amante. Não sabia ao certo, só desconfiava. O que deveria fazer? Confrontar a mulher? Perguntar se era verdade e — no caso da resposta ser "Sim, tenho, tenho, e daí?" — perder toda a sua crença na humanidade, a começar pela Francilene, ou não tocar no assunto, aprender a conviver com a suspeita de infidelidade e conservar, pelo menos, seu casamento? Sim, porque se Francilene confirmasse o amante, o casamento estaria destruído. E se não confirmasse, o fato de Gelson ter desconfiado dela teria o mesmo efeito. O que fazer? Só alguém sério e ponderado como o Justino, só um justo, saberia responder.

Justino sempre limpava a boca depois de um gole de chope, para prevenir o bigode de espuma que comprometeria sua imagem sóbria. Foi o que fez, antes de responder a Gelson.

— Você não precisa perguntar à Francilene. Seu casamento não precisa ser destruído, nem por ela dizer sim, nem por você ter feito a pergunta. Eu posso lhe dizer se ela tem um amante ou não. Tem. Faça o que quiser com esta informação.

— E quem é o amante?

— Sou eu.

Durante três, talvez quatro, minutos, Gelson ficou de boca aberta olhando para Justino. Depois pôs-se de pé, virando sua cadeira. Mas não para agredir Justino. Com a sua franqueza, com a sua consideração, Justino tinha preservado sua crença na humanidade. Francilene podia ser infiel, todas as mulheres podiam ser infiéis, mas ainda havia gente confiável no mundo. E Gelson começou a andar em volta de Justino, gesticulando e gritando, entusiasmado:

— Paradigma! Paradigma!

A mãe

Juliana convocou suas irmãs, Joyce e Janice, para uma reunião na sua casa. Assunto seríssimo. Urgentíssimo. Não, não poderia ser tratado pelo telefone. Joyce e Janice chegaram juntas à casa da Juliana. Que nem esperou elas se sentarem para anunciar:

— A mamãe voltou.

Joyce e Janice se entreolharam.

— Como é?

— A mamãe voltou.

— Juliana — disse Joyce —, nós enterramos a mamãe não faz uma semana...

— Eu sei. Mas o fato é que ela está aqui.

— Como, está aqui?

— Acordei, hoje, com ela do lado da minha cama, perguntando se não era hora de eu levantar.

— Mas... era o quê? O espírito dela? A alma? Um fantasma?

— Não sei.

— Juliana, francamente — começou a dizer Janice, rindo — você está nos dizendo que... Mamãe!

Janice tinha visto a mãe atravessar uma parede e entrar na sala. Vestida e maquiada como fora enterrada, e transparente.

— Mamãe — disse Juliana —, você quer nos dar licença? Estamos discutindo uma coisa importante...

A mãe saiu da sala, atravessando uma porta fechada.

* * *

— Como ela explica ter voltado?

— Só disse que lá estava muito chato.

— Lá?

— Lá.

— E o que ela quer?

— Nada. Só quer me azucrinar, como fez toda a vida. E eu não vou poder aguentar. Fiquei com ela depois que o papai morreu, porque aqui tinha mais lugar. Mas já cuidei dela o bastante. Uma de vocês duas poderia ficar com ela desta vez...

— Eu não — disse Joyce. — E as crianças? Vou botar uma assombração dentro de casa, com as crianças?

— Eu, nem pensar! — disse Janice. — Vocês sabem como ela e o Maurício nunca se deram bem.

Juliana insistiu:

— Ela não vai dar despesa nenhuma. Não precisa de comida. Não precisa mais de remédios.

— Não posso — disse Joyce.

— Nem pensar — repetiu Janice.

— Fazer o que, então?

Não havia o que fazer. A mãe ficaria com Juliana, a filha mais velha.

* * *

Uma semana depois, Joyce telefonou para Juliana. Queria saber como ia a mãe.

— Pior do que nunca — disse Juliana. — Não tem o que fazer, e fica se metendo nas coisas da casa. Dando palpite. Me criticando o tempo todo.

— Mas ela não faz tricô? Ela gostava de fazer tricô.

— Fantasmas não fazem nada! Ela fica perambulando pela casa, atravessando as paredes. No outro dia quase matou a faxineira de susto porque estava andando no teto. Eu mesma, vivo levando sustos.

Joyce se apiedou da irmã. Combinaram de fazer um revezamento. O fantasma ficaria uma semana com cada uma. Joyce encontraria uma maneira de explicar a avó gasosa para as crianças. E o Maurício simplesmente teria que aprender a tolerar a sogra.

— Sabe o que eu penso? — perguntou Juliana, um dia. — Que não foi ela que se chateou lá e quis voltar. Lá é que não aguentaram ela e mandaram de volta!

As irmãs concordaram.

As consequências

Já passaram 27 dias desde o réveillon na casa da Dica e as consequências da festa continuam a aparecer. A separação dos Torelis, o pé quebrado do embaixador, a intoxicação da Sarinha (que continua internada e jogou pela janela do hospital o vaso de flores que recebeu da Dica, ferindo um transeunte, que vai processá-la), o começo de incêndio no apartamento da frente, a briga a socos na calçada entre os Ponte Carreros e todos os Marciais, inclusive a dona Ritinha, e a desastrada tentativa de apartar do Santos, que ainda não achou sua prótese, a viagem, às pressas, da Flávia Leite de Barros para o exterior, mandada pela família até que passe o escândalo (embora se diga que há *tapes*), o desaparecimento do romeno que ninguém conhecia e que distribuiu preservativos musicais na festa e a misteriosa mudança de voz do Negreiros.

* * *

O Marcos e a Márcia não foram ao réveillon da Dica porque tinham decidido passar o fim do ano em casa, só os dois, e tentar salvar seu casamento. Discutiriam suas mágoas e reivindicações abertamente, os podres na mesa, e resolveriam tudo a tempo de abrir o champanhe à meia-noite e começarem o ano reconciliados. Marcos foi primeiro.

— Prometo não deixar mais minhas meias no chão se você prometer não ser tão desdenhosa de tudo.

Márcia sorriu do jeito que tinha, os cantos da boca descendo em vez de subirem.

— Típico — disse, com desdém.

— Olha aí — disse o Marcos.

— Meu querido, você sacrifica um mau hábito e pede que eu sacrifique um posicionamento moral!

Às onze e cinquenta e cinco, Marcos foi visto na rua correndo atrás da Márcia para acertá-la com uma garrafa de champanhe. A Márcia gritando:

— Típico! Típico!

* * *

Já o Lineu acordou numa cama ao lado da mulher do Tales sem que nenhum dos dois soubesse onde estava ou como tinha ido parar ali. Tentaram reconstruir a noite anterior. O Lineu se lembrava de estar na sacada do apartamento da Dica, tentando acertar com um rojão a janela do apartamento da frente, depois não se lembrava de mais nada. A mulher do Tales se lembrava de estar num carro a caminho de algum lugar. Lembrava-se das estrelas. Talvez estivesse no teto do carro.

— Houve alguma coisa entre nós? — perguntou o Lineu.

— Você quer dizer sexo?

— Ou coisa parecida.

A mulher do Tales examinou-se. Estava vestida, mas com uma camiseta do Vasco sobre o longuinho preto. Lineu também estava completamente vestido, mas com sapatos de salto alto. Aparentemente, não houvera sexo entre eles. Lineu suspirou, aliviado.

— Você sabe que o Tales e eu vamos discutir aquela joint venture esta semana...

— Sei.

— Ninguém precisa ficar sabendo disto.

— Claro.

Quando passaram pela sala, viram o romeno maluco atirado no sofá, com a boca aberta. Parecia não estar respirando. Mas fingiram que não o viram. Foram para a rua e cada um pegou um táxi e foi se explicar em casa.

* * *

— O que que eu faço com isto? — perguntou a Darlene, uma das empregadas da Dica, mostrando um punhado dos preservativos musicais que o romeno distribuíra entre os convidados do réveillon.

Dica nem olhou. Era a manhã do dia seguinte. Mesmo que quisesse olhar, não conseguiria virar a cabeça.

— Leve para a sua casa — disse.

Darlene sorriu.

— As crianças vão adorar.

* * *

Hoje a Dica contou a última consequência da sua festa. Depois de balançar durante três semanas, o lustre da sala finalmente caíra.

E por falar em festa...

— Minha filha, você me deu sua palavra que a sua festa ia acabar às duas horas.

— E acabou, papai.

— Sim, mas às duas da tarde! Nós estávamos almoçando, hoje, e ainda estava chegando gente pra festa de ontem!

— É que a turma se excedeu um pouco, papai, qualé?

— Outra coisa, você jurou que seus amigos iam ficar na sala e não invadiriam os outros aposentos.

— E então?

— Então que eu fui acordado no meio da noite por um cabeludo me perguntando se não tinha vodca em casa.

— Ele se perdeu, só isso.

— Tudo bem. Mas ele precisava me chamar de "ô do pijama"?

— Papai...

— E mais. Ele quis tirar sua mãe da cama para dançar.

— Qual é o problema?

— E ela foi.

A estátua

Os pais do Marquinhos estavam preocupados. Depois de dois lacônicos cartões-postais ("Tudo bem" e "Je suis o.k.") mandados de Paris, não tinham mais notícia dele. Semanas, meses, e nenhuma notícia. Que fim levara o Marquinhos?

A mãe imaginava coisas. Marquinhos preso. Marquinhos acidentado. Marquinhos desmemoriado, vagando pelas ruas de Paris.

Bem que ela dissera, quando Marquinhos anunciara sua intenção de ir para Paris:

— Fazer o que em Paris, meu filho?

— Me dedicar à arte.

— E viver de quê?

— Eu me viro.

O pai avisara:

— Não conte com dinheiro de casa.

Marquinhos repetira:

— Eu me viro.

A preocupação da mãe era essa. Como o Marquinhos estaria se virando em Paris? E por que não mandava notícia?

* * *

A mãe tomou uma decisão. Iria a Paris procurar o filho. E foi. Só tinha uma pista para começar a busca. Num dos seus cartões-postais, Marquinhos incluíra um endereço de remetente. A mãe escrevera para o endereço várias vezes, sem resposta. Marquinhos provavelmente não estava mais lá. Mas talvez alguém se lembrasse dele no endereço. Talvez alguém tivesse uma ideia de onde encontrá-lo. Ou pelo menos onde procurá-lo.

Nada.

A mãe pediu ajuda ao consulado brasileiro. Fizeram um levantamento nos hospitais da cidade. Nos abrigos de indigentes. Na polícia.

Nada.

Nem sinal do Marquinhos.

Um dia a mãe estava atravessando uma ponte sobre o rio Sena, já sem esperança de encontrar o filho, já resignada a voltar para casa sem saber que fim levara o Marquinhos, quando ouviu um "Pst". Olhou em volta. Várias pessoas também atravessavam a ponte e algumas paravam para apreciar uma estátua dourada colocada sobre um pedestal na calçada. Outras seguiam em frente. Nenhuma parecia ser a origem do "pst". Mas a mãe ouviu outro "pst". E viu que... Não podia ser. O "pst" vinha da estátua!

* * *

A estátua não era uma estátua. Era uma pessoa imóvel, envolta numa espécie de toga, se fingindo de estátua. Pintada de dourado da cabeça aos pés. Uma alegoria de alguma coisa. E a alegoria estava falando. Com o canto da boca, esforçando-se para que o movimento dos lábios não fosse percebido.

— Mamãe, sou eu.

— Marquinhos?!

A estátua fez que "sim" movendo a cabeça alguns milímetros.

— Meu filho! O que eu vou dizer pro seu pai? Todo o dinheiro que ele gastou na sua educação pra você virar estátua?!

— Em Paris, mamãe. Em Paris — disse o Marquinhos, pelo canto da boca.

* * *

A mãe voltou para casa. Diria ao marido que o Marquinhos estava bem e se dedicando à arte. Não precisaria entrar em detalhes.

Galinha

— Você, hein? Tremendo galinha.
 — Como, galinha?
 — Galinha. Vive paquerando mulher. Dando em cima. Como agora. Galinha.
 — Acho que galinha não é bem o termo. Sou um homem. Um bípede macho. E não há aves de espécie alguma entre meus antepassados.
 — Galinha também é bípede.
 — Então me chame de galo, não de galinha.
 — Galinho...
 — Galo. Galo! Aliás, se você insiste em me classificar como um bicho emplumado, prefiro águia. Pode me chamar de águia. De condor. De gavião. Não de galinha.
 — Você, então, não se considera galinha? Nem em sentido figurado?
 — Em nenhum sentido. Por que usar a galinha como exemplo de predador sexual? Logo a galinha! Não há bicho mais pacato. Mais

assexuado. Mais pudico. Aquele ar de eterno sobressalto da galinha é o seu medo constante de ser atacada pelo galo. A galinha, na verdade, foge do sexo. A galinha tem horror a sexo. Me diga: qual é o principal produto de uma galinha?

— Pintos. Sinal de que houve sexo.

— Não! O principal produto de uma galinha é o ovo sem pinto. O ovo que ela mesma faz, sem precisar do galo. Cada ovo com um pinto dentro é um sinal de que ela não conseguiu escapar do galo. Um sinal do seu pecado involuntário.

— Mas você reconhece que é um predador sexual?

— Não sei. A águia é um predador sexual? Ou está apenas obedecendo à sua natureza, o comando dos seus genes, o seu destino sobre a Terra? Existe uma espécie de chimpanzé — não sei como se chama — que passa o tempo inteiro fazendo sexo. Todo mundo transando com todo mundo, sem parar. Por que essa espécie foi a escolhida para ter esse prazer reincidente, essa felicidade constante, enquanto outras espécies, como a nossa, por exemplo, precisam passar por todo um processo de sedução, compromissos, tratativas, às vezes até visitas ao cartório, para no fim ter sexo? Não é justo.

— Você, então, só está seguindo a sua natureza, como um chimpanzé?

— Digamos que eu estou apenas seguindo o protocolo que se espera da minha espécie para chegar ao sexo, só com um pouco mais de pressa.

— Sei...

— E por que toda esta conversa? Eu apenas perguntei que perfume você está usando. Foi o destino que me colocou aqui, ao seu lado, neste avião. Mas o destino do nosso relacionamento, quando o avião pousar, está em aberto. Você é que decidirá...

— Você não perguntou apenas que perfume eu estou usando. Sua pergunta estava cheia de sugestões. Seu olhar estava cheio de implicações. Pensei: ele agora vai pedir para cheirar o meu pescoço...

— E então? Toda esta conversa vai dar em quê?

— Meu marido vai estar me esperando no aeroporto...

— Ai, ai, ai...

— Mas não desanime. Vou lhe dar meu telefone. Eu também sou um pouco...

— O quê?

— Galinha.

— Mmmm. Posso cheirar o seu pescoço?

Caixinhas

Ninguém jamais ficou sabendo o que, exatamente, o Ramão fez para a mulher, mas um dia ela começou a colecionar caixinhas. Nunca fora de colecionar nada e, de repente, começou a juntar caixas, caixetas, potezinhos, estojos. Em pouco tempo, tinha uma coleção considerável. O próprio Ramão se interessou. Dizia:

— Mostre a sua coleção de caixas, Santinha.

E a Santinha mostrava para as visitas a sua coleção de caixas.

— Que beleza!

As caixas, caixinhas, caixetas, potes, potezinhos, estojos, baús cobriam algumas mesas e várias estantes. Era realmente uma beleza. Mas, estranhamente, a Santinha era a que menos se entusiasmava com a própria coleção. Os outros a admiravam, ela não dizia nada. Ou então fornecia alguma informação lacônica.

— Essa é chinesa.

Ou:

— É pedra-sabão.

Ninguém tinha problemas sobre o que dar para a Santinha no seu aniversário ou no Natal. Caixas. E as amigas competiam, cada uma querendo descobrir uma caixa mais exótica para a coleção da Santinha. Uma caixinha tão pequenininha que só cabia uma ervilha. Um baú laqueado que, supostamente, pertencera ao conde D'Eu. Etc... etc... O Ramão também contribuía. Quando saía em uma das suas viagens, nunca deixava de trazer uma caixinha para a Santinha. Que Santinha aceitava, sem dizer uma palavra, e acrescentava à sua coleção. E a coleção já cobria a casa inteira.

Quando a polícia, alertada pelos vizinhos, entrou na casa, viu o sangue, viu a Santinha sentada numa cadeira, muda, folheando a *Caras*, mas a princípio não viu o Ramão. Só o viu quando começou a abrir as caixinhas. Havia um pouco do Ramão em cada caixinha. Até na que só cabia uma ervilha tinha um ossinho. Um fêmur estava no baú do conde. E a Jacira ficou escandalizada quando soube que a cabeça do Ramão foi encontrada numa caixa de chapéu antiga que ela tinha trazido para a Santinha de Paris. Veja só, de Paris!

Ninguém desculpou a Santinha, mas o consenso geral era de que alguma o Ramão tinha feito.

Angélica

Ela é moça, branca, jeito simples.
— É aqui que vocês estão precisando de uma empregada?
— É, sim. Mas você…
— Quero o emprego, sim, senhora.
Marina fica desconfiada.
— Você é cozinheira?
— De forno e fogão. O trivial e o requintado. Salgados, doces, especialidades. É só pedir.
— Bom, mas…
— Também limpo a casa, passo roupa, faço compras. É só pedir.
— Dorme no emprego?
— Se a senhora quiser.
Marina hesita. A moça abre a bolsa simples e tira uns papéis. Oferece para Marina.
— Minhas referências.
— Ora, não precisa — diz Marina, pegando as referências e examinando-as atentamente. São ótimas. — São ótimas.

— Sim, senhora.
— Quando é que você quer começar?
— Não é melhor acertar o salário, primeiro?
— É verdade — diz Marina, desanimando. Pensando: *na certa vai pedir uma fortuna.*
— Quanto é que você quer ganhar?
— Duzentos reais.
— Por dia?!
— Por mês.
— Por mês?! Mas é muito pouco.
— Se a senhora não aceitar...
— Aceito. Aceito! Como é o seu nome?
— Angélica — responde a moça, angelicamente.

Quando Manoel chega em casa, dá com Angélica ao lado da porta.
— O seu casaco?
Ela ajuda Manoel a tirar o casaco. Manoel se deixa ajudar, apalermado.
— O senhor costuma tomar alguma coisa antes do jantar? Um uísque?
— Um uísque está perfeito.
— Quer tirar os sapatos e trocar por chinelos?
— Ahn... Quero.
— E o seu cachimbo. Agora ou depois do jantar?
Manoel está de boca aberta. Leva alguns minutos para se recuperar e responder:
— Depois, depois.
— Vai tomar banho agora ou antes de dormir?
Manoel faz um gesto instintivo como que para proteger sua nudez.

— Por quê?

— Conforme for eu já preparo o seu banho.

— Tomo banho antes de dormir, obrigado. Escute. Você é…

— Sua nova empregada. Angélica.

— Ela caiu do céu! — sussurra Marina, na mesa do jantar.

— Que jantar. Que jantar! — exclama Manoel, entusiasmado. — Quanto é que nós estamos pagando por esse anjo?

— Você não vai acreditar. Duzentos.

— Por dia?!

— Por mês!

Angélica entra da cozinha, trazendo a sobremesa.

— Mmmm — diz Manoel, olhando a sobremesa.

— Mmmmmmmm — faz Marina.

— Já sei — diz Marina, mais tarde, na sala. — Ela é ladra.

— Com essa cara? Não pode ser.

— A verdade é que as referências são ótimas.

— Do jeito que ela cozinha, pode roubar-nos à vontade. Só sai daqui por cima do meu cadáver. E vai ser um cadáver gordo.

Manoel apalpa a própria barriga com satisfação.

Os dois vão dar uma espiada no quarto de Angélica. Encontram a moça cerzindo meia.

— Olha, se você quiser sair, dar umas voltas, tudo bem.

— Não, senhora. Prefiro ficar em casa. Não sou muito de sair.

— Se quiser ver televisão conosco…

— Não, senhor. Não gosto de televisão. Obrigada.

— O que é que você gosta de fazer? Como passatempo?

— Bom, gosto de jogar damas…

Marina e Manoel se entreolham, enternecidos. Damas. Ela é mesmo um anjo.

* * *

Manoel e Angélica jogam damas enquanto Marina olha televisão. Angélica se oferece para trazer café, chá, quem sabe um bolinho, mas os dois não aceitam.
— Descanse, menina — diz Manoel. — Você agora faz parte da família. É a sua vez de jogar.
— O senhor não gosta de jogar a dinheiro, seu Manoel?
— Damas a dinheiro? Nunca joguei.
— Fica muito mais divertido.
— Como é que se joga damas a dinheiro?
— Mil por partida, mais quinhentos por diferença de pedra, dinheiro na mesa, empate dobra a parada.

Um mês depois. Marina e Manoel sussurram na mesa. Acabaram de comer outro jantar maravilhoso, mas não estão maravilhados. Marina pergunta:
— Quanto é que você já deve a ela?
— Dezesseis mil. Nunca vi ninguém jogar damas como ela. Não perde nunca!
— Dezesseis mil?!
— Shhhh...
Angélica entra da cozinha com uma sobremesa monumental. Mesmo contra a vontade, Manoel não pode deixar de salivar.
— Não esqueça o nosso joguinho de hoje à noite, seu Manoel — diz Angélica alegremente.
— Não esqueço, não — diz Manoel.
E quando Angélica volta para a cozinha:
— Hoje eu ganho. Hoje eu recupero tudo. Ela vai ver.
Mas Angélica ganha outra vez. E não aceita cheque.

Doll

Os fabricantes da mulher-robô, Doll, custaram a acertar seu produto. Os primeiros modelos da Doll saíram com defeitos que foram sendo corrigidos com o tempo. Ou era a pele artificial que não tinha a exata textura, ou era o receptor do comando de voz que falhava — o dono mandava "Me traz meus chinelos" e a Doll dizia "Sim, amor", mas trazia o jornal — ou a lubrificação do seu órgão sexual era insuficiente. Mas finalmente acertaram, e o último modelo da Doll era tudo que sua publicidade prometia. A mulher perfeita. A mulher com que todo homem sonha.

Sua pele era igual à pele de uma adolescente, com a vantagem de que seria assim por toda a vida. Ela nunca teria rugas. Sua pele seria macia e cálida para sempre, ou até o dono se cansar dela e vendê-la no mercado de Dolls de segunda mão, ou trocá-la por outra.

Sua eficiência era irretocável. Bastava programá-la e ela obedeceria aos comandos de voz sem nunca se enganar, e nunca esquecendo de dizer "Sim, amor".

— Meu uísque.

— Sim, amor.

E a Doll trazia o uísque do dono com a exata proporção de gelo que ele preferia. E nunca confundia chinelos com jornal. Ou cafuné com café.

Na cama, Doll não apenas era fogosa e criativa como gritava palavras de incentivo: "Ai, meu garanhão! Que homem! QUE HOMEM!".

E o dono podia, se quisesse, levar sua Doll a ocasiões sociais sem medo que ela o embaraçasse. Ela era programada para se comportar com discrição e fazer conversa protocolar em qualquer situação.

Enfim, a Doll era um sucesso. Salvo por um detalhe.

Apenas um detalhe: a Doll mentia. Mentia muito. Não adiantava o dono mandar:

— Pare de mentir!

— Sim, amor.

E ela continuava a mentir.

As reclamações se avolumaram. E a assistência técnica da fábrica não sabia como explicar aquilo. Nada no mecanismo da Doll, nos seus circuitos e conexões, determinava que ela mentisse. E ela mentia compulsivamente. Não havia o que fazer, era da sua natureza.

— Como, da sua natureza? Ela é um robô! Uma máquina!

— É um mistério.

A fábrica está testando um chip para inserir na Doll e barrar suas mentiras, mas com poucas esperanças que funcione.

ESTA OBRA FOI COMPOSTA PELA ABREU'S SYSTEM EM ADOBE GARAMOND
E IMPRESSA EM OFSETE PELA LIS GRÁFICA SOBRE PAPEL PÓLEN SOFT DA SUZANO
PAPEL E CELULOSE PARA A EDITORA OBJETIVA EM OUTUBRO DE 2015